진달래꽃 말을 하고 싶어요

엄환섭 시집

진달래꽃 말을 하고 싶어요

초판 인쇄 2018년 4월 25일
초판 발행 2018년 4월 30일

펴낸곳 문지사
등록 제25100-2002-000038호
주소 서울특별시 은평구 갈현로 312
전화 02)386-8451/2
팩스 02)386-8453

ISBN 978-89-8308-531-3 (03810)

값 10,000원

진달래꽃 말을 하고 싶어요

엄환섭 시집

문지사

작년 겨울엔 유난히 추웠습니다.

산간오지에 편지 배달은 북풍 한설과 매일 싸워야 하는 힘든 나날이었습니다.

일이 너무 바빠 추운 날씨도 못 느끼고 하루 종일 뛰어다니다 일이 끝날 무렵이 되면 오싹오싹 살을 찌르는 추위를 느끼곤 하던 시간들.

몸이 날카로운 물건 같은 것에 부딪쳐 피가 나도 피가 나는 줄도 모르고 정신없이 뛰어다니면서 일을 하던 나날들.

그 바쁜 와중에 마음속에 눈물을 소리 없이 시에 담아 일주일에 한 편씩 2년 여 모았더니 시집 한 권 분량이 되었습니다.

소신공양을 올리듯 온몸을 불태우면서 쓴 내 시가 사람들 마음속에 구석구석 녹아들어 맑은 공기가 되고, 밝은 햇살이 되고, 무더위에는 시원한 나무 그림자가 되기를 간절한 마음으로 기도합니다.

나를 아는 모든 사람들과 내 시를 읽는 모든 독자들에 감사드립니다.

2018년 봄에
엄 환 섭

5

제2부

제3부

해설

1부

고드름

물의 걸음걸음
행렬을 따라 줄은 선다

흐르는 물속에 뿌리가 자라난다
흐르는 물속에 손가락이 자라난다

못대가리도 없는 저 못이
산의 발자국일까
물의 발자국일까

물의 고요한 암호가 투명하다

산의 적막을
가닥 가닥 걸어놓고
둥글고 속이 찬 눈물로 줄을 세운다

물의 뼈가
낭떠러지에서 수직으로 집을 짓는다

가늘고 기다란 저 대가리 없는 못들은 누구의 이목구비일까
물이 물의 생일을 축하하는 촛불잔치일까

물의 걸음걸음

아이들이 식탁 위에 초를 세운다

누가 오면 해피블스데이 노래를 부를까

거품 빠진 물을 굴리면 물의 비바람은 말라붙어

태어나 한 번도 자지 못한 잠을 자며 꿈을 꾼다

과잉생산

곳곳에 사과
이제 그만 무서워

반야 미장원

머리카락을 자르는
가지 끝으로 봄빛이 몰려온다

인사도 없이
까맣게 발톱을 튕기는 맨드라미

가파르다

지하계단으로 내려가는 밤이
굽은 등을 일으켜 세운다

가장 높은 가지가
가장 먼저 잎을 버린다

목이 마른 길 끝에는
사철 미장원이 서 있다

나는 두 손을 모은 채
가만히 거울 앞에 앉는다

그곳에 가면

바다를 걸어 나온 포구
푸른 해송 속으로 거친 숨 몰아쉬며 들락거리고

외계에 낯선 바람
내 얼굴 매만질 때
낙타 등을 타고 오는 붉은 아침이
쓱쓱 시퍼런 날 세운다

솔 밭길 하얗게 돌고 돌아가면
지저귀는 새들 노래하는 저 너머
작은 돌계단 위에 침묵한 흙 집 하나

그 많은 기억
그 많은 추억
초야에 잡초 되어 무성하게 지저귀고
먼 교회당 종소리 한참 동안 머뭇댄다

흙에 노예 된 어머니 아버지
죽어서도 흙에 누워
손발 없이 흙만 매만진다

불러도, 불러도 배고픈 어머니 아버지 이름 부르며

낫으로 썻은 어머니 아버지 바라보며

미주 한 잔 올린다

꽃이 필 때까지

겨울바람이 창문에 부딪치며 싸락싸락 소리를 낸다
흙의 꼬리한 발바닥 냄새를 따라 하루도 거르지 않고
어둠 속을 첨벙거리며 뜨거운 혓바닥을 담근다

꽃이 진 지난 봄을 잉태하여
질겅질겅 껌을 씹으며 혀를 돌돌 말아 입김을 불어넣는다
조금만 더 발이 뜨거워지도록 온 몸을 담근다

아직도 구겨진 바지와 윗옷을 보며
몸속에 묽은 때를 밀어준다

아랫목에 머물러 쉬던 물방울이
돌고 돌아 문 앞으로 모이면
대책 없이 부풀어 오른 만삭이 다 된 여인들
머리 위로 아지랑이가 피어오른다

해산을 기다리는 손마디 마디 통증이 울부짖는
하루하루
바짓가랑이를 걷어 올리며
세계를 열어가는 가는 실핏줄이 선명해 보인다

어쨌거나

1Kg 미만의 어둠 속에 숨어서

수련이나 식물이나 아이나 우리의 창문 너머에서 온다

꽃이 꽃을 피우기 위해

꽃 이전에 몸부림치는 생^生이

꽃인 척 하며 잠자는 꽃보다 아름답다

오늘밤도 활활 블타오른다

내일 아침 깨어났을 때 내가 보고 싶은 꽃이 확 피었으면…

나무 그늘에서

나무로 모자이크된 그늘에 앉아 있어요
긴 하루가 지나가도록

지금 나무 한 그루가 전부인
나의 후생 옆에서

내가 나무를 훔쳤는지
나무에게 내가 도둑맞았는지
돌로 이빨을 심은 땅만 뽀도독 그려요

나무는 몸 그림자로
나는 나무 그림자로
우리는 소리없이 바스락 거려요

붉은 햇살의 시간들로 엮어 만든
얇은 나뭇잎 꽃바구니들이
나무 크기만큼 허공을 향해 걸어 다녀요

못다 쓴 시를 허공에 하나 둘 걸어 놓고
물과 바람이 사계절 길을 열면
세상은 꽃을 피우며 무수히 파닥거려요

우리는 파란 생활의 억센 손 안에서
나무의 인자한 말들이 향기로 바스러져요

새로 지은 집 안으로
새 소리가 기웃기웃 걸어 다녀요

나무가 말한 말을 잘 들은
내 속에서 새 순이 돋아나요

나무는 나무의 자세로

아십니까?

나무에게는 나무의 자세가 있다는 걸

자세가 있다는 건 참 편안한 일

세상의 멋진 몸매는 바른 자세로부터 시작된다

나무는 오늘도 굽이굽이 해를 업고 살 내음 풀고 있다

가지와 가지가 모여들어 끝없이 말썽을 피울 때

바닥엔 빈 껍질 쌓이고 허공이 덜컹덜컹 소리 난다

벌레가 처음 들어간 구멍이 툭탁툭탁 악다구니 하고

천년만년 늙은 빙하 조각이 나뒹굴어도

꽃 속에 숨은 씨앗이 있어 매일 나무 속에 나무들은 깊
은 포옹을 한다

씨앗이 있다는 건 정말 다행한 일

꽃을 쪼아대는 씨앗의 숨소리가 거친 하모니를 이룰 때

기침소리 커진 꽃은 땅에 떨어져 오체투지*한다

이것이 비단 나무만의 일일까?

새끼들 코고는 소리, 이빨 가는 소리까지 사랑하는

텃밭에 텃새가 있었던가 사람이 있었던가

날개도 없는 구름이 날아가는 것은 나무의 상념이 차곡
차곡 모여들기 때문이죠

어떤 바람에도 가지는 휘어지지만, 오직 곧은 자세만 보
여줄 뿐

평생 한 번도 무릎은 꿇지 않는다

하늘에는 솜털 막을 두른 말랑한 햇빛이 두둔한다

땅에는 엎드린 풀이 푹푹 끓어올라 물장구치며 응원한다

달콤한 나의 집에 차오른 붉은 달이 방 안 가득 채워질 때

압력밥솥 김으로 몽실몽실 채워진 방은 따뜻하다

밖에는 천년만년 넘은 빙하조각이 나뒹굴어도 방 안에 푸른
나뭇잎이 튀어 올라

그 안에 무수한 과일이 달리고 있다

*오체투지五體投地 : 불교식 큰절의 행태.

노숙자 가족

다리 위에는 차소리
다리 아래는 물소리
다리가 마치 자기의 집이거나 한 듯
남자는 쪽방에 누워서 여자는 앉아서 아이는 엉금엉금 기어서
거물에도 걸릴지 모를 무거운 표정을 짓고 있는 일가족들
뱃구레가 홀쭉하다

수 만 장을 지나는
차 그림자 사람 그림자

물살에 밀리면 서 있는 뗏목처럼
제 마음 부푸는 강가에
아기는 엉엉 울면서 엄마를 찾다말고 허겁지겁 흙을 주워 먹고
엄마는 낡은 치마에 물을 적셔 연신 아이의 입을 닦아주고
사내는 다리 사이로 보이는 하늘을 바라보며 입술을 달싹달싹
기도를 하고 있는지 두 눈이 축축하다
목마른 한 줌 어둠이
그들의 머리에 줄줄 흘러내린다
빛바랜 외투가 그들의 이불인 듯
온몸 가리고 가만히 누워있다

몇 끼나 걸렀을까
바람이 핥고 간 빵조각을 먹었는지 모두 입 구례가 하얗고
아기 눈에 보이지 않는 곳으로 엄마가 버렸는지
붉고 파란 안고가 죽음보다 깊다

얼굴이 누런 사내는
결을 세우며 마음을 다스리는지
갈잎 하나 귓전에 놓여있다

마침내 모두 깊은 잠에 빠졌는지
홍조 띤 얼굴 점 점 점 붉게 타오르고
아이는 배내 웃음 짓는다

눈의 시간

차갑게 얼어붙은 밤
"형님 못 내려가서 죄송해요." 라는 메시지를 읽었을 때
갓 삶은 뜨끈한 달이 서서히 식어
하늘에서 하현으로 걸렸을 때
거기 누가 들어가 부지런한 손이
캄캄한 바람을 캄캄한 구름을 숨죽을 만큼 주물럭거
리고
별똥별까지 섞어 밤과 밤사이 여백을 하얀 팝콘으로
튀겼나
톡 톡 톡 소리 없이 온 세상이 뜨거워진다
온 집을 두드려도 집 밖으로 나갈 출구가 없다
달콤한 흰 밥알이 차오른 세상에
혹은 몽실몽실 혹은 뽀송뽀송 채워질 때
눈이 눈 속에 집어넣을 때
이 구간에서 저 구간으로 가는 도보로 걷는 방식이 바
뀌었을 때
몽실몽실 희미한 눈덩어리 부서지고
고양이 사뿐사뿐 지나가고 멀리서 개짖는 소리 들린다
또한 이제 누가 툭 건드리기만 해도 아무도 감당할 수
없이
부드럽게 돋아난 아무도 밟지 않은 하얀 젯밥의 흔적

이 세상을 뒤덮는다

　꼭 포옹하고 싶은 이런 모습은 옛날에 많이 본 것 같다

　만들다, 만들다 못다 만든 한쪽 어깨와 한쪽 다리가 찌그러진

　눈사람을 어루만졌던 일이 그러니까 아버지가 되어 땅속에서 벌떡 일어나신다

　어머니는 밤나무 산이 되어 바짝 다가오신다

　내 눈앞에 내 몸 앞에 혼백으로 내려온 눈꽃이 바짝 다가선다

　허공과 허공 사이 무수한 추락 끝에 뛰어온 통통한 손발이 숨죽이고 소리 없이 웃는

　다 그 파다한 웃음소리에 세상이 뜨거워진다

　둥글고 네모진 아이들이 꿈을 꾸는지 하얀 치아를 드러낸다

　차갑게 얼어붙은 새벽 눈이 눈으로 이글이글 타오른다

　그 눈이 이끄는 대로 사잣밥을 내면

　내려야 할 정거장을 자주 까먹는다

　무수한 눈이 나를 부축한다

달의 반성

잘 가던 달이
바위산 소나무에 꼭 끼어 있다
보름달

꼭 쥔 손 힘겹게 펴는
손가락 하나 손가락 둘

하늘을 열어보려는 달
하늘을 닫아보려는 산

아무도 달을 구하지 않는다
아무리 빛을 발산해도

하늘에 달이 실족한 것 같아 자꾸 바라본다
컴퓨터 창에 머리카락 붙어 있는 것 같다

저 백색의 영혼은
왜 잘 가던 길을 가지 못할까

도벽으로 달을 훔친 소나무에게 아니 바위에게
구름 연필 하나 내어주고 동그라미를 그려보라 한다

하늘에 편지 한 장 비릿한 기억이 파닥거린다.
밤은 짬만 나면 어둠이 나타나고 낭떠러지가 나타난다

밤하늘에는 뿌리 내리지 못하는 것들의 처음과 끝이 연결되어 있어
떠나는 사람과 돌아오는 사람이 있다

낡은 달 하나 허물고 새 달이 떠오른다
몸을 깎기 위해 크레이터 운동을 한다

멀리 있어도 가까운 달이 하늘을 또 간다
아무도 달을 의심하지 않는다
습관처럼 밀려오는 어둠이 완전히 짙어질 수 없도록
암흑의 둘레를 맴돈다

어제도 오늘도 하늘에 달이 있다`
소금물 하얗게 고인 눈 조용히 빛난다

달팽이 걸음

불도 켜지 않고 문도 잠그지 않은 집
연체의 껍질을 집이라 부르면 될까
가만히 들여다보면 뼈 한 조각 없이
말랑말랑한 살마다 너무나 외로워
때로는 뒷걸음을 쳤다
자기의 발자국을 보려고

이렇게 살마다 끈적끈적한 물만 간직한 축축한 생이 있을까

달팽이는 기다린다
풀잎마다 빗방울이 알알이 맺힐 날을
파란 구름 같은 풀잎 위를 경쾌하게 누빌 날을

캠핑카 안에 살을 집어넣고
옥상에 안테나를 뽑아
하늘에 무지개를 보는지
TV속 만화를 보는지 사각사각 소리를 내고 있었다
나 어려서 그랬었다
물렁물렁한 마음으로
우유보다 부드럽게 길을 갔었다
소금쟁이들 놀래키면서

너를 동그란 등짐이라 부르려다
이동식 집이라 부른다

천둥번개가 쳐도
폭음이 지나가도
느릿느릿 길을 가고
꾸벅꾸벅 조는 달팽이

촉촉한 아기 입술 같은 살갗을
부드러운 흙에 비비며
길을 가는 달팽이를 보면
수 억 만년 걸어온 길이
구름 바람 별
인공지능 문명의 옷 걸린 방 안에
코코피트 흙의 영혼을 끌어 모아 고물고물 가고 있다

달팽이

이렇게 느린 걸음이 있을까
불도 없고 문도 없는 와우 껍질을 집이라고 부르니 빈
집에 계절만 서성거린다

나선형의 동굴은 속이 다 보일 듯 보이지 않고 살만
끈적거린다

이렇게 세상에 얇은 뼈가 또 있을까
이렇게 물렁한 살이 또 있을까
낙엽 같은 뼈 안에 살을 집어넣고 책을 보는지 TV를
보는지
두 개의 안테나를 쑥 뽑아 무한한 우주 모험을 하는지
이리저리 물렁한 몸을 흔들고 있다

나는 이것을
원룸이라고 부르려다 탑이라고 부른다

집을 등에 진 달팽이를 보고 있으면 집으로 가는 길을
차로 달리고 있는 사람들이
왠지 어리석다는 생각이 든다

수억 만 년 전부터 언제나 같은 보폭으로 기어서
우주에 한 자락 소실점 같은 이름을 올리고 있다

천둥번개가 쳐도
느릿느릿 길을 가며 꾸벅꾸벅 졸고 있는 달팽이를 보
고 있으면
고래등 같은 집을 연연해 하는 내 눅눅한 습관에 온
몸이 무거워진다
물렁한 살을 잘 섞어 짠 옷 한 벌 천지에 울렁거린다

바람도 못 말리는 달팽이보다 느린 노모는 이제 처음
집을 떠나 요양원으로 갔다

대관령 옛길을 가며

대관령 흰 구름에는 떠나는 사람과 돌아오는 사람이 있다
배웅도 마중도 차창 속 얼굴 없는 사람들의 일이지만
부관참시 당한 고형산을 아는 사람과 모르는 사람은 다르다

뜬 구름에 브레이크 없는 바퀴를 달고 달리는 구름이 있다
구름 앞에 구름, 구름 뒤에 구름
정오의 햇빛에도 흩어지지 않는 저 하얀 신발들

구름 따라 가는 가이 없는 내 눈에는
동화 속 마법의 방이 하나 둘 생겨나고
따뜻한 아랫목 아이들 웃음소리가
구름을 따라 흘러나온다

하늘 밑
받침 없는 저 구름에
돌아오지 않는 얼굴은 누가 있을까

아무도 몰래 흐르는 눈물 속 맹세 같은
저 멈출 수 없는 나그네들의 바쁜 군상들
매운 하늘을 휘젓는 비의 꼬리들

내 눈 밑으로 질주하는 흰 구름에는 출구도 입구도 없다
전광판 없는 기차역 같은
오르막 내리막의 가파른 길만 있을 뿐

그리움에 잠 못들어 질주하는 구름 밑에
나무와 새소리 그리고 눈부신 햇살

어제의 축축한 너와 나
오늘도 내일도 흘러간다
나그네란 이름으로

독수공방

누가 그를 밀치고 나갔는지
빈방에 봄이 오다말고 서성거린다

빈방은 쉽게 바람이 들어올 수 없고
누가 대문 안에 들어서도 안이 보이지 않는다
조용하고 어스름해 그림자도 함부로 서지 않는 권력
이 있다

그림자가 버리고 간 방 안에
남자의 포근한 말소리가 떠올랐다 사라진다
그녀는 경직된 뻐근한 두 무릎을 뻗는다

그와 같이 공전하는 그림자가 방에 있을 때는 버스 정
류장처럼 시끄러운 활기가 가득했다
마당에 잡초들이 몰래 들어와 영역 다툼이 시끄러워도
부풀어 오른 장독대는 깊고 깊어 장맛이 향기로웠다

빈집은 기다린다
좌표도 약도도 없이 만난 그림자를
바람에 설익은 대추알이 떨어져 지붕을 뚝뚝 두드릴 때
도

좋은 날만 이야기한다

갑상선이나 그리움의 결석 같은 의혹이 핏줄을 따라
공전한다

집 나간 사람이 아무리 멀리 있어도

그녀는 욕심을 부리지 않는다

세상의 치열한 영역 다툼에 휘말리지 않으려고

그림자 하나 끼워넣을 묘책만 생각한다

빈방이 작아진다 밤도 따라 작아진다

그녀는 집 나간 그림자를 찾아

자꾸만 닳고 있는 가슴과 무릎을 위로받아야 한다

지나가는 계절을 따라 부어오른 목에서 매일 울음소리
몇 개 부화한다

주말 부부의 신혼 방

봄은 오지 않아도 꽃은 피고 집 나간 그림자 서성인다

오늘은 금요일 내일이면 그의 볼록한 허공은 핏줄을
따라 돈다

돌 문어

나는 머리에 발을 가졌다
주머니가 열릴 때면 발이 들어왔다
발을 보고 있으면
무슨 깔판이 그렇게 많은지

발을 가진 사람은 분명히 나였는데
발은 내 발이 아니었다
대뜸 누가 손을 대 버린 거다

내가 말하고 있는 발은 발이 맞기나 한 건지

문 안에 일과 문 밖의 일을
우리는 열심히 가꾸며 살아간다
하지만 주머니 같은 잠옷을 입고 잠들고 싶다

누가 나를 꺼내 입을까봐
내가 나를 껴입고 가만히 서서 보초서기도 하고 돌아다
니기도 한다
나의 하루 일과는 호주머니를 채우고 비우는 일

철모 쓴 건강한 내가 늙고 병든다면
나의 발은 망가지고 훼손되겠지
낮에도 견고한 어둠을 껴입고 잠들 수 있는 편안한 쉼터

를 찾아다니겠지

　　나는 젖은 어둠을 겹겹이 말리면서 생각한다
　　내 몸이 주머니 속에 들어가 진공의 상태가 된다면
　　물속에서 지금보다 더 평화롭게 살아갈 수 있을까

　　호주머니 하나 머리에 둘러쓰고 살아가는 두 발 달린
사람이나
　　호주머니 하나 머리에 둘러쓰고 살아가는 여덟 개 발 달
린 나나
　　주머니 속 먼지가 우리를 괴롭히기는 매 마찬가지겠지

　　세탁기 안에 동전을 넣고 돌렸더니
　　세탁기가 잠자리비행기가 되었다는 소문이 나돌고
　　머리에 돈 주머니를 둘러쓴 나는 먹물로 가득 찬 한 마
리 돌빡 문어

　　태양계가 아무리 나를 돌고 돌아도 먼지를 털어내지 못
한 내 얼굴은 기미가 많이 생겨났다

　　나는 틈만 나면 먹물 주머니를 물로 씻고 헹구며 숨을
참아가며 거친 바다를 헤엄친다

동반자

신발을 공손하게 놓았다
서로를 향해 규칙적으로 다가갔다
흑백으로 갈라지는 손발이 뒤섞이더니
우리들 사이는 점점 간격이 좁아졌다

울음을 팔아서
기도를 시작했기 때문에
무릎을 누르며 비가 올 때까지
기도를 했다

누가 먼저 손을 놓기를 기다리는 동안
나는 끝까지 손을 움켜쥐고 있었다
여기저기 계단들이 사방으로 흩어졌다

입 안에선 쉬지 않고
이들이 달그락 거렸다

우리는 마주보면서
서로에게 매달렸다
서로가 위험할 정도로

손을 잡고도

끝까지 서로를 모른 체하고 싶을 때도 있었다

길이 팽창하고

우편 수취함엔 낯선 말들이 난무하고

우리는 바다를 향해 달려갔다

한 번 시작한 길은 끝이 없었다

입술이 들썩일 때마다

짭쪼름한 바다 냄새가 났다

두더지의 하루

2층 배관 위
장칼 휘두르는 차가운 물과 맞선다

방패는
흙을 품은 노동복 한 장의 두께

빈곤의 높이를 알 수 없는
손 한 뼘 넓이의 시멘트 쩍쩍 묻어나는 계단 속에서
변두리의 울음소리 내며
길 없는 길을 찾는 물기를 메마른 몸으로 닦는다

노동의 크기 따라 발은
빠르게 느리게 발가락 장력으로 터벅터벅 위험한 계단
을 올라가는 땅 두더지
입 안에선 쉬지 않고 흙 자갈들이 달그락거린다

머리와 몸이 허공길 가는 바람을 먹는 동안
발은
공기의 밀도가 낮은 곳을 파고들어 땅을 판다

공구 씻는 소리가

저녁 풍경이 되는 우리 집

김치며 푸성귀 몇 가지 식탁의 벗이 될 때마다

우리는 한 발 느리게 배고픔을 깨닫는다

떨어져 나갔다가 다시 매달린

옥탑 방, 아들 책상은 소금기가 젖었다 말랐다

위험한 우리를 마주보고 있다

자꾸만 우리를 밀어내는 세상의 한복판은

별도 달도 복부비만에 끝없이 연소하고 있다

산소 농도가 높은

변두리 땅을 파다가 지렁이를 먹고 조금 환해지는 두더

지의 하루

매미 울음

물음으로 짜인 나무에 앉아
긴 하루가 지나가도록

지금 나뭇잎 한 장의 세상을 보고 있는
왕개미 옆에서

나의 주인이 되어주세요
목 아프게 구걸해 보았다

나무의 삶을 훔치는 것으로
나를 완성하고 싶었다

알록달록 엮어 만든 바구니를 들고 팔을 누르면
가지 위로 걸어 다니는 작은 발들

파릇한 기억이 입 안에서 파닥거린다

목에 삼킨 마지막 굼벵이 말이
팔에서 발밑으로 추락한 지 며칠이나 지났을까

구름의 냄새에 몰려온 생의 주기는 7일
땅속에서 7년 동안 수행한 매미울음 소리 진동한다

나는 연주하는 것이 아니라
연주되는 것이다

나무 그림자 속에서 그녀의 가는 허리를 잡는다

나를 잃어버린 소리들이
아무리 나를 기억하려 해도
나는 아무것도 기억 나지 않는다.

소리가 나무를 넘어 먼 허공에 모자이크 된다

비 너는 오늘 먼지를 얼마나 많이 먹었냐

너는 비가 아니야, 다리 없는 수족관이 아니야, 손톱 자
국이 아니야, 그림은 더더욱 아니야, 아닌 게 아니라서 이
토록 파고들면서, 깊숙이 박제되면서, 키스하면서 온몸으
로 우는가

네가 도처에서 종종 걸음 치고 봉걸레로 박박 밀 때

미세먼지가 곰팡이가 될 수 있겠다는 말도 녹조가 바다
를 신문하겠다는 말도 구겨버리고 닦아버리는 상상 골목
길 벽화로 번지는데

허공에 갇힌 전조등의 사나운 눈초리가 두렵니?

아파트 앞에서 정류장 뒤에서 수목원 가운데서 기차 옆
에서 머무른 적 있니

너는 신발을 한 번도 신은 적 없다는데 동그란 신발을
온 세상에 심어두고 잎사귀를 만들고 생수를 만들고 너의
두 손뼉을 쳐서 모두 너를 동조하도록 소리치며 기도하나

너는 육식동물이 아닌데 독수리가 아닌데 코끼리가 아
닌데

네가 쓰다듬는 손과 발은 날아다니고 뛰어다니고 걸어
다니고 흘러내릴 수 없어서 주룩주룩 흘러내리나

비는 봄철, 내 입맛이 풀릴 때 훌륭한 식재료

두드려

　없는 문을 열고 닫으며 소리 없는 비에 소리 나는 비에
내 소매가 젖을 때

　너는 혼잣말이 될 수 있고 벽 속으로 들어가 수증기로
번식할 수 있고

　몸을 닦고 촉촉하게 향긋하게 번질 수 있고

　너는 행운을 멈출 수 없어서 흘러내림을 멈출 수 없어서

　나는 창문 몇 개 가진 동물이지만 아스피린 소화제를
너보다 더 믿고 살지만

　우산을 접을 수 없겠다는 말을 하지만

　비처럼 온 세상을 깨끗하게 덮어줄 수 있겠냐

　비를 만나 빛나는 나의 창문에게

　비를 만나 빛나는 나의 나무에게

　비가 오늘 먼지를 얼마나 많이 먹었냐 말하지

　신발을 신은 적이 없는 검은 먼지들의 탭댄스에 얼마나
호흡이 가빴냐 말하지

　너는 기도하면서 조용 조용 소리 내어 울고 노래하지

　세상에 울음이 없는 진심은 없는 거라고…

눈의 소음

　조금 언 논밭들이 발을 어지럽게 바꾼다

　때론 바빠서 하늘 높이 날아다니기까지 하는 모래를
끌어와 잠을 청할 때도 있다

　땅에 얼어붙은 눈이 눈을 뜰 때에는 조용히 뜬다

　땅이 하는 일은 소란스럽지 않다

　그냥 잠이 오면, 잠이 오는 대로 눈을 뜨면 눈을 뜨는
대로

　그냥 읽던 책 펼쳐서 떠듬떠듬 읽으면 되고

　논골 밭골 가는 달같이 어느 방향으로 가도 그 곳이
그 곳이다

　각자 서로의 입맛과 눈물이 달라서 서로를 모르는 척
할 뿐

　누군가 씻어 걸어 둔 맨발의 하루를 꺼내 신고

　어제 밤에도 오늘 아침에도 그냥 엎드린 화면 안에서

　다 닳은 더듬이로 한 발씩 되짚어 가며 오른쪽 왼쪽 리
듬을 띄엄띄엄 이어가는 입김으로 가득한 생은, 소리 없
는 울음을 땅에 새겨 넣고 꿈을 교감하는 아름다운 야인
같은 판화일 것이다

　난독의 삶 어디쯤 칼 들고 사과 껍질 벗기듯

　소복소복한 눈덩이를 이마에서 지우면 온 얼굴에 물소

리가 굴러들어온다. 내 마음속에까지

　발에 붙은 세상의 울음을 하늘과 나눠 가진 구름이 온다

　눈을 오래 더듬으면 어렴풋이 혼탁한 물소리가 나고 속이
검은 눈이 보이기도 한다

　아니 미세먼지를 먹어야 내리는 눈은 찬란한 소음이다
　몸에 부종을 옮기기도 한다
　축축한 곳으로 발을 뻗어 가야 하는 것도
　감당하지 못할 슬픔의 깊은 물웅덩이가 생겨나는 것도
　하늘이 그 몫을 가지고 있을까

　앞산 뒷산에 설해목이 바람에 뒤흔들린다
　까칠까칠하고 독기 가득한 내 검은 발자국이 그곳에 우
드락 판화처럼 찍혀있고 눈길로 오래 더듬더듬 걸어가면 발
에 날이 생긴다
　겨울 목마름을 녹이는 눈과의 친교에 순응하면 누구나
한결 순해진다

　습한 날씨에 속이 투명한 하늘의 속살 같은 가루눈이 날
아올라 천지에 반짝거린다

천지에 빈 행간 채울 바늘을 들고

실 푸는 소리 왈칵 쏟아 어설픈 연주를 하고 먼지로 상한 세상을 닦고 닦으며

꽃을 잃어버린 계절을 벗어나려 맨발로 걸어가는

그곳에 창백한 내 손발이 찍혀 있고, 누군가의 맑은 눈물이 눈이라는 이름으로

노래를 부르고

녹지 않는 눈도 녹는 눈도 엇박자로 춤을 춘다

내 것이 아니라서 아름다운

아니 내 것이 될 수도 있어서 아름다운

소리 없는 빗소리가 하얗게 웃으면서 무너지듯, 무너지듯 펄펄 내린다

도대체 이 차가운 습기는 누구를 지금 중독시키는 중일까

누구를 찾는 중일까

2부

매니큐어를 바르는 여인

긴 밤을 지새며 소설을 쓴다
거울 앞에서 손가락을 바라본다
어제보다 더 자란 손톱 열 개
하늘 높이 세워본다

흙에 갈라진 손톱을 수리하며
손가락마다 매니큐어를 붓고 꼭꼭 눌러 붓질을 한다
갈등 극복의 시간들이 지나간다
이왕이면 양귀비나 미스코리아 진이면 대성공
하지만 흙으로 빚었다는 손톱은 아세톤보다는 다시 흙
으로 지워야 하는 '미완성 조미료'

그녀의 특기는 변경이나 지우기
그녀의 취미는 희미한 달빛에 부풀어 오른
손톱 가꾸기
그이의 휴가철은 아직 멀기만 한데
손톱 안에 어두운 흙냄새를 아세톤으로 지우고
아직 다 마르기도 전에 부서질 걱정부터 하며 검붉은 반
달을 그린다
춘향이나 고추아가씨 진 되리라
열 개의 반달 뼛속에 꽃씨를 심어놓고
공손한 흙에 갈라진 손톱을 수리하며
아담한 궁전을 수없이 짓는다

버들강아지

언덕 아래
물결 장식으로 된 시내
얕지만, 그 바닥에 사금이 들락거린다

맑은 하늘 퍼먹고
평생을 퍼주어 날마다 배고파 우는 물로
가는 손발 씻으며
가늘고 긴 손가락들
얼음 밑 암석 속으로 숨기고
거친 마음 헹구고 닦아 내는 자리 찾아
물 위에서 물속에서 살며
배가 부른 언덕의 그림자로 살 오른다.
정적과 고요가 강바닥에 고이기를 기다린다
서글픈 마음이 더 따뜻한 시간을 쓰다듬고
바쁜 해의 걸음을 따라
한 발 두 발 얼음 다 녹지 않은
물 위를 걷는다

꽃 같으면서 꽃 같지 않은
잎사귀 같으면서 잎사귀 같지 않은
생명은 어디에서 태어났을까

모종

개들이 허공을 판다

구두들이 몰려들자
잔치가 시작되고

이랑과 고랑
긴 행렬이 좋아
집을 나온 새의
혼잣말이 좋아

폭설에 중상을 안 입은 건
마른 풀의 이불을 덮고
씨눈으로 땅의 숨결을 맞아서

꽃의 폭음이 소리 없이 울린다
엉덩이가 들썩거린다
배아를 뒤집고 맨살을 굴러서
해를 데리고 논다

발자국이 바람을 덮는다
숨 쉴 때마다
눈 속에서 저도 모르게
뿌리가 자라난다

햇볕을 받아 눈꺼풀을 뜨는 건
씨앗이 하는 일

잎새를 뻗는다.
잎을 뻗을 때는 조용히 뻗는다

문

소문은 낙엽처럼 바람에 부풀어 굴러가겠지
언덕에 조각난 낙석처럼 불필요한 이야기가 굴러다니겠지
꼬리는 머리의 반대쪽에서 자란다는 말이 떠오르는 저녁
응응거리고 부서지고 내장처럼 고요 쏟아져 내리고

문이 문 안에 들어앉아
가장 빛 없는 고요를 잉태했다
우린 숨어서 살아가는 침묵을
문 밖에 있는 풍경보다 더 믿어

모든 밤은 고요하잖아
될 수 있으면 창문을 열지 말 것
별의 얼룩이 문 속에 침투해
보이지 않던 내 얼굴이 보일 수 있음

문 안의 일만 우리는 열심히 가꾸며 살아가
하지만 당신은 단추 없는 잠옷을 입고 잠들고 싶군
손가락 갈라지는 핏방울 소용돌이에서 벗어나고 싶군

낮에도 견고한 어둠을 껴입고 잠들 수 있는 편안한 빈 터
당신 발자국 울음소리가 내 가슴에 미역줄기처럼 늘어지다

소리 없이 미끄러지는 그리움 남긴 당신은

결국 떠나고

내 울음이 다리에서 팔로 옮겨 갈 때 조금씩 어긋나게 문 열어둔다

나는 젖은 어둠을 겹겹이 널며 생각한다

나는 세상 빛을 배신한 배신자가 되었다

태양계가 수 억 년 돌고 돌아 다시 나를 찾아오고

나의 젊음은 문종이처럼 얇아지고 먼지를 떨어내지 못한 내 얼굴은

민무늬 토기처럼 금이 가고 길고 가는 손가락 갈라지겠지

먼지와 바람과 빛을

누군가에게 꿈속같이 포근하게 만들어주기에는

난 누구의 편에 더 가까운 문이었을까

나는 죽음을 기원하는 주술사 같다

닫은 문은 열지 않는다

태양도 지구도 멈춘 것 같다

바람의 시

풀잎이 없으면 바람을 모르고
바람이 없으면 시를 모른다
모두 두 팔 들어
한 몸 세우려 앙버티나

있어도 보이지 않는 네 모습
지상에 몸 한 번 세워보지 못하고
쓰러져, 쓰러져 울어야 빛나는 한 편의 시라 부른다

풀잎 따라
구름 따라
부대껴야 소리 나는
율동의 노래라 부른다

있어도 없고
없어도 있는
오묘한 경전

너는 그리움 목에 달고 도리질하며
아무 화답도 없는 세사에
온 몸을 내던지며

정처 없이 마냥 흐르는 시를 찾아
네가 갈 수 있는 곳도
네가 갈 수 없는 곳도 노래하며 간다
삽시에 온 산과 들을 휩싸 도는 바람

배양

좁아터진 상자
보이는 면과 보이지 않는 면 사이에
검은 흙들이 내 엉덩이를 올려다보고 있다
나는 발을 엉덩이 속에서 꺼내 땅을 숭배한다

임대 아파트 층과 층 사이에 아이들이 그물 속에 갇혀 있
다
자유를 바람에게 말하고 아직 머리카락도 없는 민머리들
을 창밖으로 쑥쑥 내민다

대낮의 종이 상자는 흙들의 거룩한 제단
하늘에 나를 번제燔祭*하고 생명을 복사 받는 성스러운 의
식은 거행된다

임대 아파트 아이들이 마른 우물에 빠졌다는 소문이 돌
고 아이를 안은 여자의 발은 떨린다
푸른 이끼가 낀 종이상자는 하늘을 번제하는 제단이 된다
새싹들이 흙을 밀어내고 머리를 곧게 세우려 하지만 일어
서는 자는 넘어지는 자보다 오히려 더 어지럽다

상자 속 흙은 몸을 열고 바깥세상의 소리를 엿듣는다
나는 발을 두레박처럼 천천히 내려 열 번이고 백 번이고
흙속에 몰래 숨겨둔 얼굴을 하늘 높이 퍼올린다

재단에 재물을 바친 우리들의 작은 머리가 조금씩 갈라져 허
공으로 솟구쳐 오른다
　　마법의 종이 상자에는
　　속눈썹이 조금씩 다른 새싹이 빽빽이 돋아나기 시작한다
　　시간을 두고 조금씩 달라진 흙들이
　　얼굴에 뒤통수에 등짝에 손발에 닳고 닳아 보글거리면....
　　나는 눈금 속 작은 세상을 초월해 세상 밖으로 나간다

　　흙이 내 머리와 다리로 변하는 것은 무슨 번제의 길일까
　　초월을 위해 바친 제물에 경전은 또 누가 읽는 것일까

　　작은 종이 상자 속에서 새싹들이 작은 소원을 펼치며
　　손발이 우글거린다

　　임대 아파트에서 새롭게 태어난 내가
　　아니 새로 개종한 내가
　　머릿속에 깊이 감추고 있던 잎과 가지들을 펼치고자 긴 입김
을 불어넣으며
　　바르라카바브라 소리 높여 주문을 왼다
　　갈라진 머리가 떡잎이 되는 건 누구의 힘일까
　　임대 아파트를 떠나지 못하는 아이들의 피부는 하얗다.

*번제 : 구약 시대 짐승을 통째로 구워 하느님께 제물로 바치는 제사.

백의

옷 한 벌 장만했다

흰 바탕에 국화무늬 모양이다

옷장에 걸어놓고 언제 입을까 고민하는 중이다

옷은 꼿꼿이 서서 오랫동안 누구를 기다렸던 것 같다

그 옷은 마치 백의의 사람 같다

지퍼는 사람의 눈 같다

옷장에 넣어두고 다니면 옷장만큼 생각이 났다

광 나는 옷 대신

바깥은 검은 내장이 박힌 바람이 가슴을 넓혔고

금발머리 검정머리 갈색 머리카락들이 곱슬곱슬 바람에 뒤엉
켰다

그 바람과 머리카락이 내 허약한 부위를 파고들어 아무리 성
가시게 굴어도

백의만 생각하면 접힌 얼굴이 펴지고 실실 실웃음이 터졌다

그랬더니 모두들 사람이 많이 밝아졌다고 칭찬해 주었다

매번 흰 옷 입을 생각은 감히 엄두도 내지 못했지만

일 년에 한 두 번밖에 입지 못할 거라고는 생각하지 못했다

이제나 저제나 때를 기다려도 기회는 오지 않았다

차라리 안구에 희고 검은 실을 돌돌 감아

혼탁한 세상은 보이지 않았으면 좋겠다

장미가 피어도 열쇠구멍만한 보안장치 없는 장미는

검은 바람의 코바늘 뜨개질에 콜록콜록 기침이 났다

흙먼지 뒤집어 쓴 장미가 장미의 몸에 눈물을 부었다

내 마음에 때는 내가 울어야 뽑히나

세상에 때는 하늘이 울어야 뽑히나

비 오는 날 새 장미는 피었고

대문 닫힌 장미도 대문 열린 장미도 새색시 볼처럼 붉게 빛났다

먼지 농도 맑음이란 일기 예보가 시작되었고

옷장 속에 옷 꺼내 입을 시간 또한 내 눈앞에 다가왔다

옷장 속 옷걸이에 손을 깊이 집어넣은 나는 생각했다

백의를 입고 펄럭펄럭 세상을 돌아다닌 그런 모습을 예전에 매
일 본 것도 같았다

며칠 뒤 명절이 오면 나도 아침 일찍 백의를 옷장에서 꺼내 입고

긴 고름을 나비처럼 곱게 묶을 것이다

봄을 파는 할머니

시장 입구 할머니
햇살 모이는 자리에 쪼그리고 앉아
봄 한 바가지 무디진 손으로 정성껏 다듬고 있다

어제 팔지 못한 봄 몇 개 발 앞에 놓고
쓱쓱 시퍼렇게 날 세우는 기침소리 겨냥한 차가운 바람이
주름진 얼굴을 찌른다

사방 지나가는 눈을 따라
자꾸만 가라앉는 시간들을 다듬는 손
노파의 이빨 없는 입도 조금씩 닳아 빠진다

늘어져 줄지어선 손등의 주름살이 외치는
냉이 향기로 사방이 따뜻해지고
악보 없는 햇살의 칼칼한 노래가 소리 없이 하얗게 날아오른다.

신

1

눈을 떠요
눈을 뜰 때에는 조용히 뜹니다
신이 하는 일은 소란스럽지요
길들이 어렴풋이 보이기 시작합니다
길을 오래 더듬으면 길 속에 길이 생겨나기도 하고
길이 날을 세우기도 합니다
지도에 없는 낭떠러지가 보이기도 합니다

작은 신을 끌고
유람선 같은 산을 밀고 왔다가 밀고 갔다가
왼발 오른발 스텝을 맞추며
살 다 빠져 눈꺼풀 처진 땅을 잠에서 깨우고
신이 길을 데리고 놀면
길은 죽어줄까 살아줄까 신을 데리고 놉니다
때론 아기처럼 절벽 끝에서 손을 흔들며 신을 놀리기도
합니다

물 위를 걷는 신에 대하여!

사람에게 신은 발바닥 밑에 밑바탕이기 때문에 세상에서
가장 편안하지만

신 입장에서는 필사의 보행이 아니겠습니까?

근 달포 이상 무더운 날씨는 계속되고
점점 심각해지는 지구 온난화에 대하여
고문 같은 발바닥 문신이 시도 때도 없이 내 피부에 무
겁게 내려앉습니다

내가 세상에 가장 먼저 나가는 마중이라면
나는 이 마중에 기꺼이 순응합니다
그러면 세상에 아무리 무서운 발도
나에게 와 조용히 안깁니다

2

신을 바라보면
발의 웃는 모양을 보게 됩니다
그래서 웃을 줄 모르는 나에게
웃는 법을 가르치듯
신의 넓은 볼이 뽀도독 웃습니다
신을 바라보면
항상 시작과 끝이 같이 서 있습니다
세상의 시작을 보고
세상의 끝이 어떻게 생겼는지 알고 있다는 듯
뽀도독 뽀도독 소리를 냅니다

기어코 나를 당신 속에 담고서야
나를 안전한 바닥에 내려놓고서야
당신은 눈을 뜨고 숨을 쉽니다

달걀 한 개 정도 무게의 당신에게
80kg의 육중한 내가 아무리 밟고 밟아도
당신의 온 몸에 뼈 부서지는 소리가 툭툭 나도
나에게 편안한 걸음을 만들어주기 위해
반반한 평정심을 유지합니다

당신은 언제나
나의 가장 더러운 밑바닥을 사랑하고
내 몸의 시작과 끝을 공손히 안아줍니다

발바닥을 높이 이고 사는 신이 있습니다
신 밖으로 빠져 나간 발은 편안할 수 없습니다
신은 하루도 우리와 같이 하지 않는 날이 없습니다

세상에 아무도 끌어낼 수 없는 바닥은 무엇이며
우리의 눈에 보이지 않는 손은 또 누구의 것입니까?

빈집

아무도 쉽게 들어갈 수 없는 빈집
봄이 오지도 않고 지나가고
여름이 오지도 않고 지나간다
그 곳에는 오지 않는 계절이 서성거린다

거미들 서까래 오가며 그물 짜기에 한창이다
두르르 말려 내려온 안방 벽지에는
누수의 빗물이 해묵은 수묵화 한 폭 그렸다

가끔 편하게 무릎을 내어주는 툇마루 밑에서 귀뚜라미
들 경직된 두 다리를 뻗는다

어떤 것은 자세만으로도 생각이므로 그 안에 소리가 있
어도 없어도 절절하다

계절도 없는 계절을 달려온 팔짝팔짝 뛰는 그의 용수철
다리가
팔월을 지나며 풀잎 뒤집는 소리를 요란하게 낸다. 귀뚤
귀뚤

노인의 낮잠같이 꾸벅꾸벅 졸음에 겨운 폐가에
그는 잠자리를 버리고 온 몸을 비벼 뼈소리를 낸다

식어가는 구들장에 부재를 묻어놓고
주인이 떠난 툇마루에 묵은 흙덩이 밀어내고
편지 한 장, 두고 갈까 가져갈까 천 갈래 만 갈래로 흘
러내린 생각

천애의 벽에 솟아오른 기와지붕
안개 서린 계곡의 깊은 물방울에 꽃잎가루 떠내려 온다

귀뚤귀뚤 미칠 듯 서럽게 생을 찾는 저 애절한 소리는 누
구를 찾는 것일까

여기도 빈집 저기도 빈집
차가운 바람 속에 한 가닥 마음을 숨겨놓고
허기를 움켜쥔 채 온몸을 흔들고 있다

나는 집배원
주인 없는 집은 하루를 멀다하고 하나 둘 생겨
수취인 불명의 반송우편이 자꾸 늘어난다.

새가 날아오르는 아침

깊은 잠을 바다에 내 던지니 새벽이다
밤 사이 뇌우가 다녀갔다

예고된 일기였으나 생소했고
어둠이 몸을 키워
여름밤이 빠뻬용의 안경처럼 두꺼웠다

생각 뒷면을 무너뜨리는 천둥과
잦은 빗소리가 섬처럼 엎드려
나를 낭비했다

지나간 봄
바다로부터 해고통지서가 날아왔다
세상은 문득 소란해졌고 파도는 사소한 바람에도 신경이 곤두섰다
발마르오버핏코트 바다는 손잡이 없는 창
절망을 깊이 감추고도 찬란했다

나는 구름 앞에 섰다, 구름 뒤에 섰다 하며
낮달처럼 낡아갔다
숲의 푸른 노래에 한눈을 빼앗긴 새를 기다리며
나는 오지 않는 새의 눈을 심어주고 싶었다

바다는 깨어났다
아무리 졸려도 잠들 수 없는 희망
돌아가는 파도의 긴 옷자락을 따라가면
두 무릎을 꿇고 머리를 조아린 섬들
나는 목숨을 다해 파도의 푸른 무늬를 섬긴다

희망이란 작은 풀잎이거나
비린내 풍기는 고깃배의 엉덩이 같은 것
궁리가 깊다

갈 곳 없는 아침에
마루 끝에 앉아 커피를 마시면
장미의 집에 볕이 붉게 들고
고깃배 한 척 안개를 헤치며 통통 바다로 나간다

새싹 구름

구름이 내 머리 위로 걸었다
나는 잠깐 멈춰서며 구름이 되었다

기어코 빗방울이 내 발 위로 굴렀다
나를 대신하길 잘 했다

동그라미들은 급하게 떠돌다 어디론가 가버린다

세상에 오르막 내리막이 입을 크게 벌렸다
땅에서 자라던 풀과 나무들이 나를 대신하여
구름의 긴 손발가락을 먹었다

모두 자기 길을 걷는 것처럼
달리 할 말이 없는 것처럼
내 속에 말들도 비와 함께 열심히 굴렀다
어젯밤의 말도 따라 굴렀다

곰곰 있으면 나는 한겨울이다
팽팽한 긴 숨이 내 속에서 어쩔 줄 모르는 것을 본다

낙엽이

구경꾼이 되어 모였다

나는 도로 입을 벌려 훌쩍 내 숨을 받아먹었다

이제 내가 쏟아져 내리는 것일까?

너무 작아서 마음이 안 닦이는 손수건을 버린 구름이

검은 양탄자를 깐다

내 앞에 공기는 무거워졌다

손가락 여럿이서 고래고래 소리 지르며 줄을 섰다

생명의 나무

더러워졌다
물에 낀 물때를 보고 물로 씻어야 깨끗해지는 것은 무엇 때문일까

창문을 씻어주는 어제의 빗물이
오늘 창문에 얼룩을 만드는 것은 무엇 때문일까
내 눈이 바라보는 것, 내 마음이 생각하는 것
언젠가부터 이런 것들이 스토커처럼 끈질기게 나를 따라다닌다

투명한 공기는 어떤 식으로 사과를 만지는가
햇볕을 멍들려가며 익어가는 사과는 맛있겠지
사과를 씻어주던 안개를 본 것은
옷소매가 조금 젖어 있어서 알았다
말은 필요 없다

바람이 분다
혼자 굴러가는 나뭇잎이
나비 한 마리 같다
아니 꽃의 기억을 가진 입술을 화살같이 모아서
마지막 입맞춤을 하는 것 같다
가을을 지나는 바람이
농부의 호주머니에 들어온다

바람이 아무리 사과나무를 헝클어지게 불어도
하늘의 해는 사과를 응원한다

사과밭에 살기 위해 창문을 포기했던 그 방식으로
나는 눈 뜨고 눈 감고 과수원에 나가 살았다
바람의 노크소리도 듣고
빗줄기가 사과나무에게 우유를 먹이는 것도 봤다

누군가 리모컨을 누른다
성대한 만찬의 방식으로 이제 천 갈래 만 갈래 바람이
어디를 가 닿아도
금빛 적신 갈채로 펼쳐진다
말은 필요 없다

생크림

가만히 보면 눈이다
바닥이 깊은데, 깊은데
거꾸로 선 삽날은 자꾸만
눈 속으로 다이빙한다

긴 터널을 따라 걷는
발자국이 있다

홀로 걷는 사람은
자신의 발소리를 자신만 듣는다

바람은 지구 중심으로 사람은 지구 반대 방향으로 걷는다
눈이 온다
눈 속에 한 사람을 수몰시킬 수 있고
눈 한 스푼으로 사람을 얼어붙게 할 수 있다

하얀 크림이 일렁거린다
코끼리처럼 웃고 싶은 코도 벌렁거린다.

하얀 꽃밭을 누비고 다니는
외발의 사람이
자꾸 안개처럼 나타났다
안개처럼 사라진다

새의 기억을 가진 바람이 분다
유리창 너머
공항으로 가는 철로에
기차소리 치가치가 추추 요란하게 들린다.
수은등 불빛 아래 저 검은 철로는
길 떠나지 못한 자의 어두운 마음일까

여기가 어디인지 묻는 물음이
미궁으로 빠질 때
목마른 두 입술은 또 무엇을 먹고 싶을까
지구의 중심에 남겨진 툰드라는 멀기만 한데

달콤한 귓속말만 소리 없이
한 스푼 두 스푼
줄을 세워 차례차례 퍼 나른다

무엇을 먹고 있나요
외발의 사나이들이
계곡 속 눈사태에 빠져
하얀 입술을 모으고
무엇을 먹고 싶나요

깊은 웅덩이 속에 크림은 일렁이고

크림통 주변으로 사람들이 동그랗게 모여앉아
안개 낀 하얀 풍경을
한 스푼 두 스푼 허겁지겁 퍼먹는다
입에서 입으로 번지는 달콤한 입맞춤들

하늘은 단맛을 탐하는
한 무리의 찐득찐득한 입들을
극지의 바람으로 와이퍼처럼 **빡빡** 지우고
순백을 꿈꾸는 지구의 만년설을 입김과 눈물로 만들 참이다

우 리 는 점 점 사 라 지 는 세 계 의 눈 에 대 해 심 각 하 게
고 민 할 때 툰 드 라 의 눈 이 뜨 겁 게 줄 줄 흘 러 내 린 다

초

심지를 태우며 촛불을 밝힌다
나는 종교가 없고
촛불은 꼬리뼈가 없다

조금씩
조금씩
무너질수록 불이 밝아진다

내 몸에 살과 피들만 빛난다
내가 훔쳐온 것은 아무것도 빛나지 않는다

맨 몸
맨 발
불의 시간에는 어둠이 없어 좋다

정수리부터 터지면서 꽃이 예쁘게 핀다

가슴을 불태우는 불만이 진짜다

불이 불 이상 발전한 적이 없다
불에 타서 돌아온 초도 없다

나는 오늘도 옆구리가 터져 촛농으로 줄줄 흘러내린다.

손가락이거나 호주머니거나

주머니에 찔러넣은 손가락
그 손가락들이 내 품안에 들어오려고 한다
몸속 장기들은 매일 두 주먹을 꼭 쥐고 있다
가끔 배가 부른 시간엔 주먹을 펴기도 하지만

손가락을 이탈한다는 것은
두 개의 호주머니가 팽창해
용암처럼 살 밖으로 활활 흘러넘친다는 것일까

주머니 속에 손가락을 만지면
손가락은 더 작아져 내 심장 어딘가를 통과해
또 다른 내가 된다는 것일까

별을 보던 내 속의 나날들 969년을 산 므루셀라를 불러볼까
어머니 품에서 열 달을 참고 견딘 내 별들
열 개의 손가락은 항상 같이 있어도 항상 혼자였어

열 개의 손가락을 위해
나는 두 개의 호주머니를 오렸어
호주머니를 잃어버린 손가락들은 뜨거워지기 시작했어
좋은 생각만 하라는 그의 말이

열 개의 손가락을 따라 잠속에까지 오면

난 더 격렬해졌어

내 꿈은 밤마다 나보다 더 웃자랐어

호주머니 속에서 나온 손가락을

세상 밖으로 놓아버리는 것은

내 속에 떠도는 또 다른 행성을 보는 일

그 손가락은 행성을 지배했어

내 밖의 나무 자라는 소리를 듣는 귓구멍에서

과거 현재 미래 삼생의 새 마디 손가락이 자라났어

손가락이거나 호주머니거나

내 안으로만 접히고

내 뒤로나 밖으로 접히지 않는 것은 매일반…

손금

운명의 가느다란 길마다 실바람 우는 소리로 낙서를 한다

손금 속에서 피가 흐른다
핏길은 투명하다
무엇이든 다 허락할 것 같다

거리낌 없이 다 보여줘도 결국 벽이라고
창문의 속지처럼 끼워져 있는 단단한 거죽

당신과 나
우리는 드라이브 중이다
오늘 일과를 끝낸 손금이 하늘과 땅에 흘러내린다

호호 입김을 불어 닦는다
자꾸 내 안에서 흐려지는 일들이
아니 얼룩이 이름으로 남아 짜악 찢어지어
손금 속에서 코 박고 산다

우리는 아무도 운전하지 않고
우리 둘 모두 운전하며
손 안에서 죽은 듯 소리 없이 달린다

당신의 빈 손을 타고 달리는 내가
나의 빈 몸을 타고 달리는 당신이
풍선이라도 불고 노래하지 않으면
우리의 드라이브는 단물이 빠진 시간을 아는 정도

버선목처럼 속을 뒤집어 보이거나 입을 아, 하고 다 벌려도
　코 박고 있는 이마를 살 속 그림자 속에서 또 찧을 수밖에
없는 운명

누구나 벽이 있고
　그 벽이 방이 되어 방마다 창이 하나 둘 있어
　자꾸 흐려지는 우리의 손금은 수시로 진한 핏속에 익사하
려는 코를 내밀어 등등
　뜬 핏속의 고함소리를 낸다

손 안에 손이여, 언제나 얼룩진 뜨거운 내 나침판이여
　나도 한 번 가느다란 눈 배시시 뜨고 있는 내 손금 하나
만이라도
　소리 나게 드르륵 열어 보고 싶다

수선화 아파트

가느다란 꽃대 위에 종 하나
그 안에 누가 들어가 있을까

한림공원을 지나칠 때마다
여인의 무릎 냄새가 난다

서로의 이해는 아귀가 맞지 않아
방마다 문 닫는 손이 다르지만
부드럽고 달콤한 왼발 오른발 스텝 찍으며
허리가 부러지도록 배꼽을 맞춘다

겨울바람은 쉬지 않고
눈 덮인 산을 밀고 왔다가 밀고 갔다가
군함 같은 발로 스텝을 맞추어 온 세상을 뒤흔들어도
한림공원의 노랑 도장 찍고 있는 유리문은 넘지 못한다

두레박으로 봄을 나눠 마신 여인들이
여기저기 뛰어다니며 종을 탕탕 치고
그 종소리 태양을 먹고 점점 더 노랗게 익어간다

구름의 습도에도 머리를 숙이고

햇볕의 꼬리에도 머리를 숙이는 목이 가는 여인들이

필사의 겨울바람을 긴 치마폭에 잠재운다

바람이 깨어져 모래를 던지고 돌을 던져도

우편 수취함에 깨어진 얼굴이 가득해도

한 번 시작한 웃음은 그치지 않고

한 목숨 다 바친 배꼽 절을 한다

한림공원에 가물가물 안개가 떠오르고

수선화 군락지에 노란 꽃잎들은 여인의 고운 피부 같다

숨바꼭질

봄은 여인의 은밀한 누드일까 색기色氣 넘치는 저 섹시한 볼륨
새큰새큰 밀랍 같은 잠에서 눈 뜨는 소리 난다
뒷면에서 바라보는 엉덩이는 출렁출렁 푸짐하고 곡선마다
부드럽고 앙징맞다
앞면에서 바라보면 배꼽 속 어둠까지 색색 매니큐어를 칠하
고 귀 맞추고 있다

배꼽 속에서 불타오르는 진달래꽃이 피었습니다
너도 바람꽃 나도 바람꽃 별별 별꽃이 피었습니다
술래의 걸음으로 한 바퀴 두 바퀴 돌아볼까요

가만가만 걷는 듯 조용조용 웃는 듯 가지런한 눈썹 한 가닥
없이도
얼굴 하나 찡그리지 않고 산수유 꽃이 피었습니다
술래의 걸음으로 소리 없이 걸어볼까요

당신의 가장 은밀한 속사랑 빨강 파랑 노랑 입 벌리네요
스르르 수술 꽃 손가락 발가락 입술까지 스쳐요
어어, 이제 입술을 벌렸다 오므렸다 이빨까지 부딪치네요
귀걸이 매단 색색 수선화 꽃이 바람 한 점 없이도 흔들립니다

수줍어 어떡하죠!

볼 붉힌 얼굴 혼자서는 감당 못해요

빨주노초파남보 불 켜지는 봄, 봄

꽃이 꽃에 숨어 숨바꼭질하네요

아무리 꼭꼭 숨어도 암팡지게 속살 오르는 냄새에 머리

카락보이네요

스파이더맨

새들이 공중에 잠깐 머문다
주검을 몸에 심은 땅은 죽은 자의 혼을 먼 하늘에 묻
는다

로프를 타고 하늘로 날아오르는 무거운 새 한 마리
하늘을 걷는 자의 신발은 땅을 걷는 자의 신발보다 구
름을 딛고 있어 훨씬 가볍다

사방이 허공인 53층 아파트 벽에 붙은
신발의 그림자는 그 근원을 찾을 수 없다

몇 겹의 정적이 아파트를 감싼다

부리에 쫓긴 허공의 햇빛으로 반짝이는 대낮
그는 생업에 목숨을 건 스파이더맨
가는 거미줄에 온 몸을 의지한 채 바람에 흔들리는 화
공
변색된 아파트 벽면에 해와 달을 심는다

푸러지오 바람이 나뭇가지를 흔들고
안개가 핀 허공에 그의 발자국이 닿는다

허공은 세상을 떠난 자의 피부일까

이생의 배경 밖에 있는 그의 신발은 새 빛의 따뜻함을
누구보다 먼저 알고 있을까
신혼의 봄을 아파트 벽에 심을 때
비로소 그의 지난한 로고는 따뜻해진다

허공의 순례를 마치고 다시 땅 위에 발을 디딘 그는 마
취된 사람처럼
매시간 허공이 벗겨간 자기 몸을 수습하며
태양과 달을 훔쳐다 심은 아파트 벽면을 살핀다

하루의 업을 마친 그의 등 뒤에 목련꽃 개나리꽃이 부풀
어 오르고
온몸 허공의 상처에도 그의 손바닥에 새 개미 손금 하나
봄을 연다

3부

신원에 봄이 오면

산과 들에
풀과 나무가 눈뜨는 봄이 오면
까마득한 그날이 생각난다
그러니까 1951년 산모퉁이 돌고 돌아 청연골, 탄량골,
박산골에 총성과 비명이 난무했다

견벽청야 군사작전
식량은 빼내오라 하고 군인과 경찰 가족만 남아라 하
고
다른 사람은 모두 통비분자로 몰아, 골짜기로 끌고 가
는 청천벽력 같은 일이 벌어졌다

천지를 두드려도 출구가 없다
빛샐 틈 하나 물샐 틈 하나 없다
이 골짝 저 골짝 단말마 비명소리 천둥쳤다
아비지옥, 규환지옥이 따로 없다
손사래 한 번 쳐보지도 못하고 찰나에 생을 다 소진하
고 만
죄 없이 죄 많은 사람들의 마지막 숨을 놓은 붉은 피가
강물이 되고 천지가 범람했다

눈물 흘릴 시간도 없이 형틀 없는 형장에 이슬로 사라진
가련한 영혼들의 집 신원!
그때 캄캄한 먹구름으로 사라진 할아버지 할머니 아버지
어머니 형제자매들
그 한 많은 청춘은 그 한 많은 사랑은 어디에 남겨 두고
흔적도 없이 사라져버렸나
검은 폭풍 몰아치던 그날 빼꼼히 열린 두 눈이 쾅! 하고 닫
힐 때
몸은 죽었어도 마음은 매일 집으로 얼마나 돌아가고 싶었
을까

오! 그 거룩한 이름 최덕신 사단장, 오익경 연대장, 한동석
대대장, 이종대 소대장아- 너희들은 알고 있었던가.
14세 이하 어린이가 300명이나 넘었다는 것을
젖먹이가 100명이나 넘었다는 것을
60노인이 60명이나 넘었다는 것을
아니지, 두 살 세 살 어린 아이가 통비분자더란 말인가
칠십 넘은 할아버지가 통비분자더란 말인가
그들이 괴뢰군들에게 무슨 도움을 그리도 많이 주었더냐!

슬픔의 찬 물살 하나 일으키지 않는 이 조용한 신원에

진달래꽃 피고 복사꽃 피고 찔레꽃 피는 이 아름다운
땅에
하루 한 끼 식사는 남에게 양보하고 내 허기를 참던 그
어진 사람들을 무참히 도륙한 죄도
신원천지를 총알의 불바다로 뒤흔든 죄도
무기징역의 언도도
10년 징역의 언도도
일 년이 채 되기도 전에 복직되었다니
야만과 살기로 버물어 낸 공화국의 위대한 군인 보살펴
주기던가
굶주린 티라노사우루스의 포악한 이빨이던가

기억하자! 꼬불꼬불 가늘고 긴 핏줄 끊어
하늘 높이 용솟음쳤던 우리 선조들의 붉은 피 기둥을
산소에 제 지내고 내려오는 한복 입은 양민들을
공비가 가장한 놈들이라고 꾸역꾸역 우기고
총을 쏘아 처참하게 죽인 청연부락의 저 군인들은 누구
를 위한 병사이던가

또 참변 뒤엔 어떠했나
국회조사단이 신원으로 몰려오자 무장공비로 위장한
김종원의 병사들이 총칼을 앞세워 모두 쫓아버렸다
그럼 그래도 괜찮지, 네가 눈물겨울 뿐

죽은 자는 말이 없으니까 공포도 상처도 없으니까

네가 오늘의 탈레반처럼 감동적일 뿐

그 후 4.19 혁명이 일어났고

큰 뼈는 남자들 무덤

작은 뼈는 여자들 무덤

더 작은 뼈는 아기들 무덤

아! 온갖 공중을 다 휘젓던 그 까마득한 피의 파도소리는

세상의 모든 숫자를 다 합하고 빼도 셀 수 없다

아니지 두 주먹으로 꽉! 움켜쥐었다 찰나에 놓아버린

마지막 순례를 거친 피 묻은 처절한 손바닥들을 누가 보았나

크레파스 인생들이여

강철손이 그림을 그리는 대로 물감을 칠하는 대로 살기도 하고 죽기도 했던 그때 그 시절

신원에 웬? 군인 경찰 유가족이 이리도 많으냐며 면민을 사지로 몰아넣은 박영보 면장은

몇 년 뒤 노발대발 화가 난 유족들이 양지에서 관동까지 5Km나 줄줄 끌고 와서 돌로 쳐서 죽이고도 분이 다 풀리지 않아 시신을 불로 태웠다니

그는 살아서도 죽어서도 온 생을 손가락질로 탕진했다

1961년 군사혁명 이후에는 어떠했던가

거룩한 군부 체제에 티끌 만한 오점도 남겨서는 안 된다
고
살과 피와 뼈의 유서인 비문까지 파손한 뒤, 땅에 묻었다
근 반세기 동안 군사독재 앞에 아무도 말 한 마디 하지 못
했을 뿐만 아니라
유족들을 사상범으로 몰아 사관학교 시험도 공무원 시험
도 보지 못 하게 했다
신원면민들은 그 독한 학정을 견디느라 지린내 서린 우중
충한 뒷골목에서
하늘을 우러러보며 하나님도 무심하시다고 원망과 탄식
을 얼마나 했던가
아! 나도 이 신원 골짜기에서 태어난 한 사람인 걸
다 헤진 길을 끌고 가을이 가고 겨울이 가고
목마다 목이 시린 시간이 한 해 두 해 가고
1990년 들어 탈냉전과 민주화 꽃이 만발했다
화색에 홀린 봄바람이 끝없이 불고불어 고인들의 명예도
회복했다
그러다 드디어 2004년엔 그리도 원하던 50000평 규모의
성대한 추모공원도 완성되었다
오늘에 이 모든 성과는 법 앞에 총 칼 앞에 목숨 걸고 맞서
서 싸운
유족들의 거룩한 희생 덕분이다
영혼이시여! 영혼이시여!

매년 이맘 때마다 정성 모운 음식 다 드시고 운감하소
서

오늘 보니 눈물 없고, 오늘 보니 설움 없다지만

아무리 채워도 채워도, 채워지지 않는 이 슬픈 욕망의 종
을 천지가 진동하도록 탕 탕 친다

치면 칠수록 종소리가 커진다 더 커진다 또 커진다 아주
더 커진다

아니지, 작아진다 더 작아진다 또 작아진다 아주 더 작
아진다

이제 더 이상 생도 죽음도 몸집을 키울 수 없을 때

멀리 떠날 준비를 하고 승무춤을 덩실덩실 춘다.

학춤을 덩실덩실 춘다.

이 순간 이 춤이 정말 귀중한 춤 아니겠나!

가자, 나무가 뒤흔들려 떨어진 가랑잎 하나 타고

북망산천을 지나 극락으로 가자, 요단강을 지나 천국
으로 가자

고인이시여! 고인이시여! 오신 듯 안 오신 듯 봄 소풍 다
니듯

편안히 오소서, 편안히 가소서, 편안히 영면하소서

아라연꽃
-700년의 시간을 거슬러 만나는 아라홍연-

안 오던 비가 아라가야에 온다

여인이 마늘을 까듯 발굴단이 왕릉을 깐다
한 층 돌에 가랑비
한 톨 씨에 가랑비

오그라져 붙은 씨 한 톨에 맺히는 빗방울이 고분에 양서류
처럼 뛰어내리고
가야의 흐린 잠속에서 발바닥 내미는 아라홍연

그녀가 한사코 능원에 앉아 발끝을 오므리고 연밥을 딴다
700년 동안 불을 끄지 않은 침대에 누워
너는 너를 오래 견딘다

매운 하늘을 휘젓는 너의 부드러운 꼬리

누군가 씨 하나 줍는다
흙 한 삽의 깊이에 씨를 묻는다

개구리 알 키우던 연못에서
흙 탈탈 떨어 낸 너

푸른 물빛의 연못 속에
동그란 씨 한 톨
물의 심장을 꿰맬 듯 웅크려 앉아
벽과 벽을 넘어 물과 물을 넘어
꿈마다 붉게 날아오른다

우리의 이해는 안과 밖 모두 답이 없다

비 안에 스며 있는 웅크린 해의 표정으로 꿈속 연못에 아련
히 번지는 너

세월의 돌층계에 붐비는 인파들 시끄럽고
한 톨 연씨가 수만 톨 연이 되어 사방에 뒤뚱거리며 손가락
마디마디 너풀거리고
손바닥에 내린 비마다 족두리 화관을 쓰고 연지곤지를 찍
는다

역사의 어둠속에서 너의 어두운 그림자는
700년이나 긴 꼬리를 치며 매일 조금씩 자라나고 있었다

어떤 연력

발이 없는 산은 마음이 불안했다

손가락 같은 발을 만들까

발가락 같은 손을 만들까 고민했다

손이 없는 방도 발이 없는 방도 모두 다 불안했다

산은 마음이 불안할 때마다

손가락과 발가락을 쉽없이 만들었다

더 이상 일어설 수 없는 경계까지 안정되고 싶었다

널 덜 마른 고추처럼 늘어놓은 미련이 많은 산은

알 수 없는 바람의 거친 호흡에도

록클라이밍하듯이 짧은 비명을 지르며

막차가 일찍 끊어지는 계절도 걱정하며

구름이 그네를 타는 곳까지 가 보기도 했다

심심한 다람쥐가 살금살금 다가와 어깨를 툭 치면

정신이 번쩍 나는 졸리는 봄날 오후

여태 만들지 못한 것이 남아 있었나

세상과 떨어져 등 돌리고 있는 아득히 깊은

절벽도 그에게 주어진 빛나는 묵시록 같은 것

록클라이밍할 장소까지 만들어야 하는 삶은

시간이 지날수록 지나치게 끈적이며 **빳빳**했다

산은 먹은 것 비울 시간이 없을 때 나뭇잎들이 더 투명했다

그의 몸속에는 돌가시 나무도 많았다

가시는 몸속에 몸 밖에 가시가 있는 줄도 모르다가

우유처럼 부드러운 꽃을 피우려 할 때

자신이 온통 가시 투성이라는 것을 알고는

그 많은 가시를 용케도 피해가며 꽃을 피웠다

보고 싶은 사람보다 봐야 할 사람을 챙기고

하고 싶은 일보다 해야 할 일을 해야

마무리가 더 좋은 법

잘 쓴 시는 시작도 좋지만

마무리는 더 좋은 법

한 줄의 퇴고 없는 연력으로 명산을 만들고 싶었다

심장에 깊이 묻어 둔 별 몇 개 음파에 부딪혀 반짝인다

얼음

소리 없는 세상
아무것도 들을 수 없다
듣고 싶지도 않지만

이 정도면 동심원은 확장된다
강은 무표정의 늪
겨울 들판처럼 납작하다
때론 흔들려 나무 그림자가 생겨나기도 하지
내 속에 살아 있는 심장같이

오늘 밤
하얀 반창고가 착 달라붙어 소리를 밀봉한다
이렇게 소리 없는 풍경이 깜빡이면서 팽창하는 중이다

죽으나 사나 달리던 물자전거 소리가 들리지 않고
물신발의 쿠션이 편안하다

겨울 들판처럼 가만히 서 있는
이마 잘 닦은 강이
아마도 달을 의심하는지 달빛을 만들어 반짝인다
자기 속에 헤매는 소망을 말없이 팽창시킨다

울어본 기억만 있고

웃어본 기억이 없다

하염없이 말을 하는 목소리들을 다 비워버린다

소리 없는 강을 본다는 건

내가 내 심장 속으로 입수하는 것

지금 잠자는 강은

물의 하얀 뼈를 머리에 이고 해와 달을 해산 중이다

여행

가 보지 않은 길 때문에 고민한다
썬그라스를 쓴 태양이 이동을 한다
마개가 없이 솟구치는 태양은 탄로난다
매번 꼬리가 잘린 곳 앞에서 길이 바뀐다

나뭇잎을 따라 굴절하는 햇빛들
네일을 한 나무의 손가락들이 반짝일 때마다
바다에 빗금이 그어진다

곶의 길모퉁이 파랑의 침식 위에 추적추적 비 내리는 날들
다람쥐가 발가락으로 매복을 한다
당분간 바다만 생각하기로 한다
섬은 파도를 정지한 담장이다
바닷바람의 문신을 온 몸에 묶어 둔다

나는 껌을 씹으며 껌만 생각하고
섬은 바다가 아닌 것만 생각한다

나무들은 파랑에 어울리는 나무가 되기 위해 흔들리면서
권력을 키운다

여관이나 민박의 입간판은 최선을 다해 반짝인다
좋은 방으로 호객하는 신상품이 신생아를 탄생시킨다

지도에 없는 길이 곳에 쌓인다
입간판 위에서 달그락 거리는 바닷바람의 뼈마디들
문득 누군가가 모는 검은 승용차가 눈을 깜박인다
방을 숨긴 건물에는 언덕의 잔뿌리들이 계단을 만든다
사람들은 자보지 않은 방 때문에 고민하지 않는다

렌즈에 잡힌 바다는 맹수처럼 포효하고
극한을 향해 나아가는 바다의 손 하나
그의 점퍼 안으로 쑤욱 들어온다

오리 가족

오리 한 마리 물에서 논다
훨훨 한 마리 자유롭다
넘어오는 물을 돌아보면서
네게 낯익은 거리

오리 두 마리 물속으로 잠수한다
퍼덕퍼덕 살림이 늘어날 것 같다

물이 떠난 자리
알을 깨는 아픔

오리 여러 마리 무리지어 헤엄친다
질서가 철학을 이념을
어디론가 데려간다

물은 물속에서 갇히고
오리는 오리 속에 갇힌다

오리 여러 마리는 오리 밖으로 날아가지 못한다
영원히 오리밖에 되지 못한다

푸른 늪으로 푸른 호수로

산불처럼 번져 가는 물음

빙빙 제자리를 맴돌고 있다

오리들이 집이 되어 둥둥 물 위에 떠 있다

이건 고요…

아무리 바람이 불어도 이건 고요
강물이 물결치고 소리를 내도
세상에 첫 눈을 뜨고 울어도 이건 고요

소리 같아도
바람에 흔들리는 이파리가 울어도 이건 고요

땅도
하늘도 고요
나무도
풀도 고요

네가 아무리 말하고 싶어도 너는 고요
지금 이게 모두 고요라고요

붉은 생리통이 와도
네 얼굴이 붉으락푸르락 하며
청바지에 하얀 살이 슬쩍 비쳐도 고요

지렁이 울음소리도 곤충들 울음소리도
지금 이게 모두 고요라고요

빨강, 노랑, 파랑 모두 고요
나만 고요하면…
세상이 모두 고요

검은 수의를 입고 하늘이 울어도
너는 고요

이제 하늘을 보아야 할 때

하늘이 자유를 낳았다
느낌표도 없이 느껴지는 것들이 자유를 낳았다

구름이 구름을 부른다
무르익은 구름이 투박한 소리로 출렁인다
굼뜬 구름이 거꾸로 매달려
개구리 소리를 휘젓는다
바람의 속도로 빛의 속도로
긴 장대 쥔 손들이 채찍질을 한다
별 몇천 개 품은 하늘의 음파에 부딪힌
구름떼가 몰려온다
바다가 출렁인다

바람이 바람을 밀어서 넘어지는 자유
서려고 하는 것은 소리 내서 넘어지고
넘어지려고 하는 것은 소리 없이 곧게 선다
풀이 누워서 태풍을 이기는 것처럼

구름이 자유를 낳았다
느낌표도 없이 느껴지는 것들이 자유를 낳았다

사람이 가기 전에 먼저와 있었던 개미와 새
땅을 밟고 있어도 개미보다 땅을 모른다
나무를 키우고 있어도 새보다 나무를 모른다
사람보다 재앙을 먼저 감지한 쥐는 뭍을 찾아 가버렸다

소를 풀어 고기를 잡던 어부들
바다를 버리고 소머리 앞에서 달려나온 어부는 살았고
바다를 버리고 소꼬리 뒤에서 달려나온 어부는 실종되었다

하늘을 등지고 살 수 없는 사람들이
지구의 발가락 무좀에 우주의 손가락 무좀에 붉은 피를 흘리고 있다

이제 하늘을 보아야 할 때
마음과 몸이 갈 수 없는 하늘은 높다

일출

거절하지 못하는 호흡이 있다
심장은 푸른 물결
속내를 드러내고 있다

네 얼굴을 알아볼까 봐 두건을 벗고
네 얼굴을 알아볼까 봐 역광 속에서
그림자처럼 스치는 산 너머로 인파 너머로
하염없이 입맞춤한다

품고 있던
아침을 흔드는 건
잠자고 있던 푸석한 눈을 뜨는 골목

아직 다 눈뜨지 않은 시간이 와글거리고
붉은 항문을 뚫고 나오는
톡 건드리고 싶은 전율이 피를 돌리고 있다

지뢰를 밟았을 때 떠오르는 감정은
아직 발 떼지 않았다는 것
너는 위험한 마음으로 막힌 출구를 열어야

혀에 도달한 문장을 기다리다
이제 목소리를 내고 있다
홍수 난 저 카타르시스는 울부짖는 하루를 흥건히 적신다

아직 싸움은 끝나지 않았다
어둠을 사용하는 건 어둠이 아니라 빛이다
빛을 사용하는 건 빛이 아니라 어둠이다

엉덩이에서 옆구리에서 귓가에서 날개를 비비며 흔적을 낳는다
입 주위를 돌며 빛을 마구 품어내고 있는 매서운 눈초리가
내 심장까지 입수한다

무기력한 뺨을 후려치며
아침에 매달려
뜨거운 질문을 맹렬히 쏟아 붓는다

장작불

인적 드문 집 아궁이에 쪼그려 앉는다
마른 세속이
나무와 함께 타닥타닥 타는데, 아직도
나와 뒤엉킨 근친이다

소나무도
참나무도
생각이 멈추지 않아

숲속에 숨은 침묵을
내 속에 숨은 고민을 고스란히
아궁이에 넣는다

숲속에 굶주린 미련이
줄줄 오줌을 싸면서 육탈될 때
깨어진 분신들이 파랗게 솟아오른다
발은 나도 모르게
아궁이 뒤로 물러선다

지워야 할 흔적과

지우지 못한 생각이 사무치다

번뇌의 굴뚝이

조용해지면

장작은 잉걸만 남는다

절벽

백사장은 오래 전 시끄러운 수평선이었을까. 갈매기의
활주로일까.

갯지렁이는 왜 앞이 뒤같이 뒤가 앞같이 기어다니는 걸
까.

절벽은 무궁무진 소리 나는 바다를 걷어내며 이빨 없
는 모래들은 다 모여라 아가리 벌리고 고래고래 소리 지
른다.

그는 마치 UFO 안에서 지구를 내다보는 험악한 외계
인 같다.

지금 물이 지나는 이 도시의 거리에 강한 변종으로 태
어나 수평 구간의 끝에 경이롭게 선 신 모델의 건축 하나
소리 없이 웅성거린다. 소리 내며 웅성거린다.

삶은, 이빨이 부러지도록 인내한다면 바다의 무게도,
다 견딜 수 있다고, 아니 바다와 맞서 싸워도 이길 수 있
다고, 그러니까 고래고래 소리 지른다.

그러나 때론 견딘다는 말만으로는 부족해 자신의 뱃구레에 등짝에 손발에 공격적인 문신을 새기며 자해도 서슴없이 감행하면 정면으로 대항하던 바다도 몰락한다.

절벽은 오늘도 내일도 아름다운 숲에 매달려 고래고래 소리 지른다.

그토록 똬리 튼 저 무시무시한 응시 앞에 감히 누가 세상 시비를 걸까.

수 만년을 돌아와도 파도를 극복하지 못해 다시 돌아가는 바다를 향해 턱 끝까지 몰아친 바다의 땟국물이 줄줄 흐르는 그는 다음 세상과 교신을 하는지 텅 빈 기억으로 담담히 서있다.

젖은 발로 계단부터 오른 것은 혹 네 안에
빛을 못 본 탓은 아니었을까?

법당 앞 돌층계에 귀뚜라미 한 마리가 구겨져 있다

더 이상 입을 벌릴 수도 다물 수도 없는 입 주위로 기어
다니는 검은 벌레들

펴지도 못한 채 꺾인 다리를 바람에 흔들리는 메마른 이
파리들이 쓰다듬고 있다

이끼 돋은 계단에 귀뚜라미는 아무 파닥임도 없이 웅크
린 채 나를 보고 웅얼거리는 것 같아 내 귀가 파닥거리는
것 같아

나는 잠시 머리를 숙이고 귀뚜라미 사체를 오래도록 들
여다봤다

볼록한 배와 갸름한 머리와 긴 콧수염을 보다가 눈을
마주쳤다

이쪽에 눈과 저쪽에 있는 곤충의 눈이 마주치자 여태껏
본 적 없는 햇빛이 우리를 가로막았다

계단에서 계단으로 옮겨 다닐 때의 그 긴 다리가 얼마
나 힘들었으며 펴지도 접지도 못한 채 사지가 굳고 말았을
까

나도 얼마나 한 계단 더 높이 오르기를 원했던가 생각
하니 저 누워 있는 귀뚜라미가 내 몸의 일부 같았다

마지막 계단만 올랐더라면 햇볕 한 방울도 먼지 한 방
울도 삼매에 드는 법당 안에 들어가 소원을 이루었을 텐데

나는 구겨진 귀뚜라미의 몸을 두 손으로 감싸서 어떤 말인지 중얼중얼했다
귀뚜라미도 이생에 다 하지 못한 말을 중얼중얼 하는 것 같았다

나는 귀뚜라미가 가 보지 못한 법당 안 풍경을 꼭 한 번 보여줘야 될 것 같아 공양을 올리듯 귀뚜라미를 받쳐 들고 조심조심 법당 안으로 들어갔다
우리가 가보지 못한 법당 안은 사바세계와 같이 거미의 사체도 보였고 개미의 사체도 보였다
그곳에서도 검은 벌레들 소리가 윙윙 났다
좀 더 따뜻한 곳으로 들어가려고 좀 더 높은 곳으로 올라가려고 삼키지 못할 것들을 꾸역꾸역 밀어 넣은 귀뚜라미의 볼록한 배가 더욱 볼록하게 보였다

진달래꽃 말을 하고 싶어요

사월의 내 고향 남도에
진달래가 피어 숨어서 웃으면
그리고 밤이 오면 진달래 한 입 따서
이마에 붙이고 향기를 마신다
꿀 꿀 꿀 잡식의 괴성을 지르던 나도
진달래꽃 같은 순한 말을 하고 싶다
그러기 위해서 매일 진달래를 감상한다
바람없이 나에게 바짝 다가오세요
험한 일하는 나는
마음이 못 생겼나 봐
꿀 꿀 꿀 욕하는 입을 통해 나를 알게 되었다
매일 둘레모를 깊이 눌러쓰고 있나
그래서 험한 말을 더 잘 하나
나의 정체는 알 수 없다
내 고향 남도에 풀숲을 볼 때면
풀숲의 말이 자꾸 쏟아져 나온다
이게 다 물이 맑고 산이 깊어서 그럴까
이곳만은 오염되지 않았으면 좋겠어
앞으로 욕 같은 험한 말 하지 말라고
말해주고 있거든

사월에 피는 진달래 때문에 입속에 때가 뽑혔어

매일 산속으로 들어가는 상상을 한다

그렇다고 산속으로 들어가 살지는 않아

저는 남도에 사는 욕 잘 하는 이상한 사람이다

이제 진달래 꽃잎을 붙인 편지를 써서 전국으로 보낼래

꽃향기 때문에 비린내 나는 입에서

진달래꽃이 확 필 테니까

창문

덮어 둔 벽
펄럭이는 문살
무채색 바탕의 씩씩대는 바람의 쿠션
나무 무릎 냄새가 난다

세상의 이야기들이 이제 집으로 들어와도 좋다

문고리를 잡고 툭 마음을 여는 것은
하늘을 늘어뜨리고 구름을 늘어뜨리고
좋은 날을 오게 하는 햇볕의 평수를 넓히는 일

바깥 이야기들이 없는 음침한 집은
무너져내려도 좋다

문에서 마음을 풀어주자

문고리를 툭툭 치면서 창문을 열면
어디로 갈지 모르는 날도
책에 갇힌 마음도
바람이 풀어준다

하늘의 기운으로 바람의 기운으로
자꾸만 도착하는 햇빛처럼
옛날 기분은 옛날 기분으로 오늘 기분은 오늘 기분으로

어디로 갈지 모르는 마음이
영원한 집을 찾아 물색하면
바람은 바람이 집이고
물은 물이 집이라고
물과 바람이 털 난 손발을 들어올린다

문고리를 툭툭 치며 어디로 가고 싶은 마음이 도로 집
속으로 들어간다면
만년설 벌판의 사각형 문틀을 상상해 보자
어제 일이든 오늘 일이든
맴도는 것들은 다시 맴돌고 있지만

집 속에 집을 가진 집들이 유목의 영혼을 불러 창문을
활짝 열게 하자

처용의 바지

사람 없는 집에 들어왔다
사람만 없는 집이 아니라 문마다 활짝 다 열린 집에
들어왔다

늘 문쪽으로 길이 있다고 생각했다

통치마를 입는 것처럼 양쪽 가랑이를 다 집어넣으면
편할 것이라고 생각했다
두 개의 가랑이가 팽창하는 줄도 모르고

바지인지 치마인지도 모르고 옷을 주섬주섬 입는다는
것이 얼마나 힘든 일인지
아무도 말해주지 않아 몰랐다

한 발 두 발 하나 하나 집어넣으면 편할 텐데
한 가랑이에 두 발을 다 집어넣고 일어서지도 앉지도
못하고
기우뚱하게 오후 끝에 서 있는 날

배웅이 있고 마중이 있고

발끝에 매달려야 할지 머리끝에 매달려야 할지
기우뚱 넣었던 발을 빼야 할지

한쪽으로만 길이 있다고 생각했다

길이 하나 더 있다는 것을 알았다면 바지든 치마든 쉽게 입었을 텐데

지퍼를 다 올리고도 바지인지 치마인지 모르고

그렇게 나는 나의 길을 찾지 못해 두 발이 무거웠다

온 몸도 따라 무거웠다

나는 머리로 바지를 입으려 한다

무표정하다가 웃는 얼굴이 따가웠다

한쪽 눈을 감고 보는 풍경과 두 눈으로 보는 풍경은 다르다

오른쪽 눈을 감았다 왼쪽 눈을 감았다 깜박깜박하면서 두 눈으로 본다고 생각했다

바지를 입는지 치마를 입는지

내 몸은 자꾸 머리만 집어넣는다.

옷도 제대로 못 입는 몸을 거절하지 못한다

천우충* 애벌레 나무를 갉아먹다

입술을 달싹일 때 등고선이 느리게 펼쳐진다
산은 언제나 우리의 너머에서 우리를 기다리고 있다
행려자의 안식처 같은

거기에 기쁨도 안도도 터무니없이 먼 곳으로 흘러나가고
나무 속을 걸어가는 군인들의 긴 도보 행렬이 지지직거리고
하얀 나무 밥이 바람에 날리고 있다

나무 한 그루는 아파트 한 동일까

풀잎처럼 흔들리는 그림자
나뭇잎들은 누른빛을 힘없이 풀어 헤친다
물기를 말리고 나무 냄새를 산화시키는 오후

꼭 쥐어버리면 물뿐인
물렁한 애벌레들이
젖을 희끗희끗 빤다
도벽은 쉽게 완성되고 있다

하얀 실타래를 돌리고 엮어서 만든
식물학자가 동경하는 단단한 사과나무 방 안을

126

이빨도 없는 입으로 천천히 허물어 들어간다

가시 없는 생선의 하얀 속살만 아삭아삭 삼킨다

웅웅거리고 내장 부서지는 수액까지 삼킨다

내려야 할 역을 잃고 흘러나오는 폐렴형 페스트 먼지를 헤치고

수십 개의 발로 나무 속에서 건반을 치는 뚝심 좋은 사내

나무에 갇힌 나무들 길고 가는 손가락 부러지고

핏방울 소용돌이 하얀 안개 소동이 일어난다

민무늬 토기처럼 금이 가고

밤과 낮의 경계를 지나는

생과 사의 경계를 지나는

허공 길 가는 하늘소 울음소리가 코끼리 귀처럼 너울거린다

*천우충 애벌레 : 사과나무 껍질에 알을 넣어 놓으면 이빨도 없는 애벌레가
 단단한 사과나무 속을 파고들어간다.

첫 꽃

꽃잎 진 자리에
꽃잎으로 또 오는 꿈을 꾼다

꼭 쥔 애기 손
힘겹게 펴는
손 하나에
손가락 하나 둘

이것저것 다 품고
맑은 꽃봉오리 음계 위로
문을 열어보이는
첫 눈

겉과 속을 다 비춰보고도
도무지 알 수 없는
저 깊은
응시의 눈

눈은, 눈이 아니라
오리 새끼의 노란 듯 흰 듯
부리로 보일 때

하늘이 빛길 따라 내어준

순한 목련꽃빛 그대

꼭 잡으면 온 몸

눈물뿐인 그대

자박자박 오시는

첫 걸음

추녀 끝에 고드름

갑옷도 투구도 없이 성문을 지키는 병사들
축축한 성벽 왈칵 열어 무딘 칼을 간다

골 파진 추녀 끝
그리움은 기린처럼 목이 길다

무딘 날도
무딘 삶도 갈아주는 끝이 뾰족한 요술 방망이
은근슬쩍 허공에 걸터앉아 서걱서걱 긴 몸을 깎는다
적군을 겨누듯 눈은 더욱 빛나고
비열한 육신은 툭탁툭탁 토막 내기도 한다

아낙네들
서럽게 서성인 장독대에
하얀 그리움 남몰래 소복소복 쌓여
맑은 물소리가 소리 없이 난다

내려야 할 역마장이 없는
허공에 매달려
제 몸 깎아 우는 빙하의 날카로운 빙벽
그는 얼음 속에 갇혀 있다

수인처럼 외발로 거꾸로 서서 얼음창을

허공에 꼽는다

한 계절 갈고 닦은 신의 오묘한 필법 같은

갑골문자를 매만지며

해 저무는 추녀 끝에

생의 날을 뾰족하게 세우고 있다

풍경

말은 필요 없다
쓰레기 폐기장이 대신 말하기에
종이 박스, 종이 뭉치, 쇳조각 뒤지며
손톱 속에 고여 있는 조각난 시간까지
세상 밑창 뜯고 있다

병원 뒷길 오르막에 낡은 리어카가
팔십 노인의 푹 처진 양어깨에 매달려
가다서다가다서다하면
한여름 오후의 늦은 햇살이 물끄러미 보고 있다

절미節* 저축 한 숟가락 두 숟가락 세 숟가락
빈 쌀독에 차락차락 쌀 차오르는 소리가
검은 살갗에 주름으로 환하다

어쩌면 내 가슴 한편에 박혀 있는
수야, 밥 묵어라 부르던
어머니 아버지 허기진 통증이 자작나무 그림자처럼 환하다

노인의 찢어진 바짓가랑이에도

하늘과 하늘 사이에 파란 별을 꺼내어

소리 없이 노래하는 밤은 오겠지

헌신짝

누가 버리고 간 구두일까
하루, 하루 깊어진
저 캄캄한 바닥에 무엇을 숨겨 놓았을까

주인은 지금 외출 중
신발 끼리 모였다

아픈 길 아무리 걸었어도
상처를 덮고 광을 내며
길 가던 때가 좋았다

한 눈 팔다 쾅, 발등 찧고 멍들어도
구두에게는 구두의 자세로
무릎 꿇은 밑바닥 예의로

다정히 마주 앉아서
마른침 끌어올려 기도하듯
보독보독 닦아주던 그 손길 다시 잡고 싶을까

구두약 다 벗겨진
저녁이 삐극, 삐극 다가온다

누구를 기다리는지
두 눈 다 뜨고 꾸벅꾸벅 졸고 있는
저 캄캄한 구두 속에 달이 들어온다

발이 맨발인 채로 들어와주면
발의 멈춤도
신의 멈춤도 없다
어머니의 사랑처럼

엄환섭 시 읽기의 고통과 재미

표 성 흠(시인)

1

엄환섭의 시를 읽어 낸다는 것은 여간 고통이 아니다. 기승전결의 정통적 시 읽기에 길들여진 독자라면, 도통 무슨 말을 하고 있는지 알 수가 없을 것이다.

왜 그런가? 엄환섭 시는 기존의 시 쓰기 방법에서 일탈하고 있기 때문이다. 대부분의 글은 이렇고, 이래서, 이렇다는 식의 설명을 하는 형식을 취하고 있다. 설명문을 기본으로 하는 기사나 역사서에 익숙한 독자를 위해서 시집의 말미에 약간의 사족을 붙여 달라는 청탁을 받고 과연 이런 글이 필요할 것인가를 생각했다.

굳이 사양할 필요는 없을 것 같다. 엄환섭의 시를 이해하는 지름길을 열 수도 있기 때문이다. 시대가 바뀌고 시 쓰는 형식 또한 많이도 달라졌다. 김춘수 시인이 이야기한 무의미의 시까지 등장했고 포스트모더니즘이 휩쓸어간 지는 이미 오래 전이다. 놀랄 일도 아니다. 시는 시 그 자체로서의 시라는 것인데, 그렇다면 시란 도대체 무어란 말인가? 다시 이 근원적인 질문을 찾아 답할 필요가 있다.

시에 대한 개념은 시대마다 다르고 사람마다 다르다. 이 원론적인 시론을 일일이 거론할 필요는 없을 이야기이지만, 시는 어떤 사실을 전달하는 문자 매체라든가 목적을 위한 매개수단이 아니라는 점은 짚고 넘어가야 한다. 엄환섭의 시에서는 더욱 그렇다. 밥이 인간 생명에 필수요소라면 술이나 커피는 기호식품이듯 시 역시 기호에 불과한 문자놀이인 것이다. 시를 통해서 목적을 달성하려 하거나 어떤 메시지를 전달할 수는 있을 것이지만, 그게 시의 본질은 아니란 이야기다.

엄환섭의 시는 이해하거나 설명하려 해서는 안 된다. 그냥 느껴야 한다. 느낄 수 없으면 읽는 것을 중단한다. 누군가 '고통이 따르지 않는 독서는 독서가 아니며, 그런 책은 책이 아니'라는 말을 했다. 책읽기는 고통을 수반해야 한다. 더구나 시집의 경우는 더욱 그렇다. 달콤한 시는 시가 아니다. 시는 독주와 같다. 한 잔만 찔끔거려도 취한다. 그러한 술을 즐기는 술꾼이 시인이다. 술을 못 마시는 사람이 술잔을 받아놓고 억지로 술꾼과 마주 앉아 분위기 맞출 필요가 있을까? 그러나 억지로라도 그와 함께 시인과 얼굴 맞대고 앉아 흥얼거릴 요량이라면 그와 친할 수 있는 몇 가지 요령을 터득해야 할 필요가 있을 것이다.

엄환섭 시인의 시를 대하고 그와 대작하고 앉으려면 적어도 그의 시에 대한 태도를 먼저 이해할 필요가 있다. 고수라면 말하지 않아도 알 일이겠지만, 언제나 그렇듯이 시집의 평문을 필요로 하는 사람은 고수가 아니기 때문이다.

2

시는 문자의 집합이다. 문자는 문장을 만들고 문장은 문장 안·

밖으로 의미를 만든다. 문장 밖의 의미라는 말에 주목한다. 산문은 문장 속에 의미를 내포한다. 따라서 산문은 그 의미 전달을 목표로 한다. 그러나 시는 문장 밖 행간 속에 그 의미를 숨겨둔다. 상상으로서만 그 의미를 찾아내 올 수 있다. 왜냐면 시의 문장은 이미지화되어 있기 때문이다. 산문의 문장이 문장의 연결고리 속에서 의미를 일깨워낸다면 시는 이미지와 이미지의 연결고리 속에서 그 의미를 찾아내야 한다. 때로는 그 의미를 찾아낼 수 없을 때도 있다. 김춘수가 주장한 무의미 시가 이에 해당한다 할 것이다.

그렇다면 시는 무엇 때문에 읽는가? 아무 의미도 없는 글을 뭐 하러 읽을 것인가. 시의 무용론이 대두된다. 그렇다면 음악을 한번 생각해 보자. 가사가 없는 음률이라면 더욱 그럴 것이다. 음률에서 어떤 의미를 찾을 것이며 무엇을 느낄 것인가? 대사가 없는 무성영화나 사진도 한번 상정해 보자. 거기서 무얼 느낄 것인가? 전적으로 청자나 관람자의 상상력에 맡길 수밖에 없다. 그렇지만 우리는 분명 소리나 영상에서 그 어떤 느낌을 갖는다. 이런 논리에서 본다면 시 역시 마찬가지다. 시 속에는 시인이 감춰둔 이미지가 있기 때문이다. 그런데 시에는 문장 속에 말을 숨겨둔 시가 있고 이미지를 감춰둔 시가 있다.

엄환섭의 시에는 말 대신 이미지가 들어있다. 이 이미지를 따라 잡는 데에는 엄청난 고통이 따른다. 그의 상상력과 비약이 보통 사람으로서는 따라잡기 힘들기 때문이다. 흔히들 말하는 낯설게 하기를 일부러 해서 그런 게 아니라, 그런 교육을 받아서 그런 게 아니라, 생래적으로 그의 사고체계가 복잡 미묘하다. 나는 십 년 가까이 그와 시를 가르치고 배우고 있는데 그 시간마다 고통을 겪는다. 도대체가 그가 말하고자 하는 바 그 뜻도 다 찾아내지 못할 뿐더러 그가 숨겨둔 이미지 또한 찾아내기가 쉽지 않다. 그렇다고 그가 무턱대고 써 갈겨서 그런 건 아니다. 때문에 그의 시를 이해하는 데에는 약간의 공부가 필요하다는 것이다.

시인이 시 속에 감춰둔 이미지를 찾아내는 데에는 천차만별의 경험 차가 있기 마련이다. 최소한 시인이 숨겨둔 보물을 찾기 위해서는, 그와 대작을 하기 위해서는, 그의 시 쓰기 버릇 같은 것을 알아둘 필요가 있다. 그는 기승전결 같은 기존형식을 벗어남은 물론이거니와 말도 안 되는 이미지들의 결합을 서슴없이 해대고 있다. 현대시를 두고 흔히 말하는 '낯설게 하기'를 일부러 해서 그럴까? 그런 것도 아닌데 사물과 사물, 이미지와 이미지의 결합을 얼토당토 않은 데서 끌어온다.

이 낯설게 하기를 이해하기 이해서는 알레고리라는 문학적 용어를 다시 생각해 볼 필요가 있다. "알레고리는 '무언가 다른 것을 말하기(other speaking)의 의미를 지닌 그리스어 알레고리아^{allegoria}를 어원으로 한다. 우유, 우의, 풍유라고 불리기도 하는 알레고리는 인물, 행위, 배경 등이 일차적인 의미(표면적 의미)와 이차적 의미(이면적 의미)를 모두 가지도록 고안된 이야기'라고 한다. 그러면서 '알레고리는 역사 정치적 알레고리와 관념의 알레고리, 두 유형으로 구분할 수 있다. 역사 정치적 알레고리는 작중 인물과 행위가 실제의 역사 인물 또는 사건을 지시할 때 사용되며 관념의 알레고리는 작중 인물의 추상적 개념을 나타내는 경우에 사용된다' 하였다."

이쯤에서 우리는 성급한 한 가지 결론을 얻을 수 있다. 엄환섭의 시가 왜 고통을 주는가? 이 '관념의 알레고리' 때문이다. 이 관념의 알레고리라는 놈 자체가 타인은 전혀 알 수 없는 작자 그 자신만의 것이기 때문에 독자는 작자의 관념 속으로 들어갈 수가 없다. 같은 하늘 아래 사는 동시대적 비슷한 경험의 폭을 가졌다 할지라도 이 개별적 체험에서 오는 작자의 관념까지를 다 이해할 수는 없다는 이야기겠다. 거기다가 특별한 경험의 세계를 가진 엄환섭의 개별적 관념이 가져오는 알레고리는 타의 추종을 불허한다.

한 가지 예를 들어본다.

더러워졌다
물에 낀 물때를 보고 물로 씻어야 깨끗해지는 것은 무엇 때문일까

창문을 씻어주는 어제의 빗물이
오늘 창문에 얼룩을 만드는 것은 무엇 때문일까
내 눈이 바라보는 것, 내 마음이 생각하는 것
언젠가부터 이런 것들이 스토커처럼 끈질기게 나를 따라 다닌다

투명한 공기는 어떤 식으로 사과를 만지는가
햇볕을 멍들려가며 익어가는 사과는 맛있겠지
사과를 씻어주던 안개를 본 것은
옷소매가 조금 젖어 있어서 알았다
말은 필요 없다

바람이 분다
혼자 굴러가는 나뭇잎이
나비 한 마리 같다
아니 꽃의 기억을 가진 입술을 화살같이 모아서
마지막 입맞춤을 하는 것 같다

가을을 지나는 바람이
농부의 호주머니에 들어온다
바람이 아무리 사과나무를 헝클어지게 불어도
하늘에 해는 사과나무를 응원한다

사과밭에 살기 위해 창문을 포기했던 그 방식으로
나는 눈 뜨고 눈 감고 과수원에 나가 살았다
바람의 노크소리도 듣고
빗줄기가 사과나무에게 우유를 먹이는 것도 봤다

누군가 리모컨을 누른다. 성대한 만찬의 방식으로
이제 천 갈래 만 갈래 바람이 어디를 가 닿아도
금빛 적신 갈채로 펼쳐진다
말은 필요 없다
　─생명의 나무

이 시를 읽고 독자들은 과연 무엇을 생각할 수 있을 것인가? 공부 시간에 이 시를 처음 읽고 나는 머리가 띵했다. 도대체 무슨 말을 하기 위한 글인가? 이해할 수도 느낄 수도 없었다. 공부할 때마다 하는 말, '뭔 말을 하기 위해 쓴 시야?' 묻는다. '생명의 나무잖아요?' 답이다. '그래 그건 시의 제목이지' '시는 제목이 다 말해주는 거라면서요?' '제목이 말해주는 핵심어는 어디 있지?' 사과나무잖아요?' '과수원의 사과나무?' '설마요, 과수원 사과나무를 썼겠어요?' '그럼 무슨 사과?' '생명의 사과나무요' '에덴동산의 사과?' 이렇게 진행된 문답의 결과로 제목이 의미하는 생명의 나무가 에덴동산의 사과라는 것을 알기까지는 한참이 걸렸다.

누가 이 시를 읽고 에덴동산의 사과나무를 떠올릴 것인가? 엄환섭의 시는 대개가 이런 식이다. 그런데 자세히 들여다보면 그럴듯하기도 하다. 처음부터 그는 이 그럴듯한 이야기의 바탕을 깔고 시작하는데 읽는 이가 이를 따라잡지 못한다. 이 시의 첫줄을 다시 눈여겨보자. '더러워졌다'로 시작해서 '물에 낀 물때를 보고 물로 씻어야 깨끗해지는 것은 무엇 때문일까'라고 던진 이 질문에 답하고 다음을 읽었는가? 아니다. 이 알레고리를 몰랐다. 왜 이 분명한 질문을 받고도 이 더러움과, 더러움을 정화하는 세례의식을 상상하지 못했을까? 이 첫 단추만 잘 끼웠더라면 그 다음 이야기는 쉽게 풀려나갈 수 있었을 시다. 그러면 여기 동원된 모든 시어들이 기독교 용어를 상징하고 있다는 것을 느낄 수 있을 것이다. 스토커= 원죄의식, 비·바람= 시련, 하늘의 해=은총, …이런 식으로 해석을 하면, 리모컨이 작동하면 언젠가 돌아가야 할 그 나라의 성대한 만찬과 금빛 갈채가 느껴지지 않는가. 애시 당초 엄환섭 시 읽기의 고통이라고 말한 점을 알만할 것이다. 그의 시는 첫줄부터 긴장하지 않고서는 볼 수 없다. 너무 생뚱맞기 때문이다.

시는 제목 먼저 보고 첫줄을 본다. 이 상관관계를 소홀히 하면 올바른 시 읽기를 못한다. 엄환섭은 교회 근처에도 가지 않은 불자다. 그런데 어떻게 이런 시를 썼을 것인가? 시인이 그렇게 쓰지 않았는데도 평자가 그렇게 해석하고 있는지 모른다. 시는 시인이 반 쓰고 독자가 나머지 반을 채운다는 이론에 입각한다면 그럴지도 모른다. 다음 시를 읽어보면 이 말이 이해가 될 것이다.

법당 앞 돌층계에 귀뚜라미 한 마리가 구겨져 있다.
더 이상 입을 벌릴 수도 다물 수도 없는 입 주위로 기어다니는 검은 벌레들
펴보지도 못한 채 꺾인 다리를 바람에 흔들리는 메마른 이파리들을 쓰다듬고 있다.
이끼 돋은 계단에 귀뚜라미는 아무 파닥임도 없이 웅크린 채 나를 보고 웅얼거리는 것 같아/ 내 귀가 파닥거리는 것 같아
나는 잠시 머리를 숙이고 귀뚜라미 사체를 오래도록 들여다봤다.
볼록한 배와 가름한 머리와 긴 콧수염을 보다가 눈을 마주쳤다.
이쪽에 있는 눈과 저쪽에 있는 곤충의 눈이 마주치자 여태껏 본

적이 없는 햇빛이 우리를 가로막았다.

계단에서 계단으로 옮겨 다닐 때의 그 긴 다리가 얼마나 힘들었
으며 펴지도 접지도 못한 채 사지가 굳고 말았을까.

나도 얼마나 한 계단 더 높이 올라가기를 원했던가 생각하니 저
누워 있는 귀뚜라미가 내 몸의 일부 같았다.

마지막 계단만 올랐더라면 햇볕 한 방울도 먼지 한 방울도 삼매
에 드는 법당 안에 들어가 소원을 이루었을 텐데

나는 구겨진 귀뚜라미 몸을 두 손으로 감싸서 어떤 말인지 중얼
중얼했다.

귀뚜라미도 이생에 다 하지 못한 말을 중얼중얼하는 것 같았다.

나는 귀뚜라미가 가보지 못한 법당 안 풍경을 꼭 한 번 보여줘야
할 것 같아 공양을 올리듯

귀뚜라미를 받쳐 들고 조심조심 법당 안으로 들어갔다.

우리가 가보지 못한 법당 안은 사바세계와 같이 거미의 사체도
보였고 개미의 사체도 보였다

그것에서도 검은 벌레들 소리가 윙윙 났다

좀 더 따뜻한 곳으로 들어가려고 좀 더 높은 곳으로 올라가려고
삼키지도 못할 것들을 꾸역꾸역 밀어 넣은 귀뚜라미의 볼록한 배가
더욱 볼록하게 보였다

– 젖은 발로 계단부터 오른 것은 혹 네 안에 빛을 못 본 탓이 아니었을까?

귀뚜라미에 대한 초상이다. 초상에 대한 절차는 간단하다. 귀뚜
라미의 주검을 안고 법당 안으로 들어가 여러 가지 또 다른 형태의
또 다른 죽음을 보여주는 것으로 끝난다. 모든 생명의 종착이 그렇
듯 이들 곤충들의 죽음 역시 무리하게 뛰어오르려다가 기력이 쇠진

해진 것이다. 제 안의 빛을 보지 못하고 그 빛을 다른 데서 찾은 우를 범했기 때문이다. 그런데 이 귀뚜라미, '삼키지도 못할 것들을 꾸역꾸역 밀어 넣어' '배가 더욱 볼록하게 보이'는 이 귀뚜라미는 과연 어떤 귀뚜라미였을까? 귀뚜라미로 상징된 인간의 모습이 그대로 얼비쳐져 있는 시다. 상징을 통한 우의다. 엄환섭 시의 재미다.

여기서 다시 한 번 알레고리라는 말의 또 다른 속성을 찾아볼 필요가 있다. "낭만주의 비평가인 코울리지는 당시까지 구분하지 않고 쓰였던 알레고리와 상징을 구분했다. 알레고리는 보조관념과 원관념이 1 : 1의 관계를 이루지만 상징은 1 : 다*의 관계를 이룬다는 것이다. 코울리지는 상징에 비해 알레고리는 자의적이며 상징만큼 자연스럽지 않다고 보았다." 이 인용문은 무엇을 의미하는가? 시에 있어 상징성은 시적 재미이면서도 고통이라는 뜻이다. 이 다양한 상징성을 알면 시 읽기가 재미있고 모르면 고통스럽다는 것이다. 모름지기 시의 독자가 되려면 상징 찾기라는 보물찾기의 수고와 인내를 감내해야 한다. 이게 아무런 장치 없이 쓰여지는 쉬운 시를 대하던 독자에게는 고통이라는 것이다.

여기 또 다른 귀뚜라미 한 마리가 있다. 그다지 독자를 고통스럽게 하지 않는 귀뚜라미다.

아무도 쉽게 들어갈 수 없는 빈집
봄이 오지도 않고 지나가고
여름이 오지도 않고 지나간다
그곳에는 오지 않는 계절이 서성거린다

거미들 서까래 오가며 그물 짜기 한창이다
두르르 말려 내려온 안방 벽지에는
누수의 빗물이 해묵은 수묵화 한 폭 그렸다

가끔 편하게 무릎을 내어주는 툇마루 밑에서 귀뚜라미 경직된 두 다리 뻗는다

어떤 것은 자세만으로도 생각이므로 그 안에 소리가 있어도 없어도 절절하다

계절도 없는 계절을 달려온 팔짝팔짝 뛰는 그의 용수철 다리가
팔월을 지나며 풀잎 뒤집는 소리를 요란하게 낸다 귀뚤귀뚤

노인의 낮잠같이 꾸벅꾸벅 졸음에 겨운 폐가에
그는 잠자리를 버리고 온 몸을 비벼 뼈소리를 낸다

식어가는 구들장에 부재를 묻어놓고
주인이 떠난 자리 묵은 흙덩이 밀어내고
편지 한 장, 두고갈까 가져갈까 천 갈래 만 갈래로 흘러내린 생각

천애의 벽에 솟아오른 기와지붕
안개 서린 계곡의 깊은 물방울에 꽃잎가루 떠내려 온다

귀뚤귀뚤 미치도록 생을 찾는 애절한 소리는 누굴 찾는 것일까

여기도 빈집 저기도 빈집
차가운 바람 속에 한 가닥 마음을 숨겨놓고
허기를 움켜쥔 채 온몸 흔들고 있다

나는 집배원
주인 없는 집은 하루가 멀다 하고 하나 둘 생겨

수취인 불명의 반송우편불이 자꾸 늘어난다.
—빈집

이 귀뚜라미가 그 귀뚜라미였을까? 아니다. 그 귀뚜라미는 제 발로 법당 앞까지 갔다. 그리고 배가 볼록하다. 이 귀뚜라미는 경직된 두 다리를 뻗으면 그 안에서 뼈마디 부딪히는 소리가 나는 빈집 지킴이다. 아무도 오지 않는 폐가를 지키는 졸음에 겨운 노옹이다. 이 노옹도 결국에는 허기를 움켜쥔 채 가기는 갔지만 사바세계가 있는 법당을 찾아가지는 않았다. 낮잠 자듯 그렇게 가버린 노옹은 '안개 서린 계곡 깊은 물방울에 꽃잎가루 떠내려'오는 개울물을 따라 바다로 흘러갔다.

엄환섭은 빈손으로 떠나버린 빈집에도 배달을 가고 꾸역꾸역 밀어 넣다 계단에서 엎어지는 법당에도 배달을 가는 집배원이다. 이 두 대조적 상황 속에서 보고 듣고 느낀 것을 시로 썼다. 이 개별적 관념의 세계는 공부를 하지 않고서는 얼른 이해할 수 없는 상징의 세계를 돌출시킨다. 귀뚜라미가 인간이 되고, 인간 세상이 되고, 모두들 꾸역꾸역 쳐넣기 위해 떠나버려 노인들만 남은 빈집들의 역사적 현실 상황은 행간을 파고 뛰어넘는 상상력이 아니고서야 알아낼 수 없는 고통인 것이다.

이 고통의 뒤에 무서운 현실 비판이 있다. 여기에도 빈집 저기에도 빈집이라 우편물을 두고 가야 할지 가지고 가야 할지 분간이 서지 않는 집배원을 통하여 무엇을 느끼는가? 노령화 사회? 돈을 위해 집을 떠나야만 하는 자본주의 사회? 독자가 무엇을 느끼든 못 느끼든, 애절한 귀두라미 소리를 들든 못 듣든 시인은 알 배 아니다. 법당까지 찾아가 하필이면 그 계단에서 구겨져 다리가 꺾인 귀뚜라미를 보고 나 자신을 돌아볼 줄 아는 겸양을 깨닫든 못 깨닫든 시인이 알 배 아니다. 시인은 그러한 메시지를 던져주기 위해 시를 썼으면 그만인 것이고 그걸 알아차려야 하는 것은 독자의 몫이다. 때문에 시에 좀 더 가까이 다가가기 위한 이런 글이 필요한 것이다.

엄환섭은 왜 이런 시를 쓰는 것일까?

독자를 고통스럽게 하고 당혹하게 만드는 시 쓰기 외에 쓴 시는 없을 것인가?

3

있다.

쉬운 시 한 편을 소개해 본다.

차갑게 얼어붙은 밤
"형님 못 내려가서 미안해요"라는 메시지를 읽었을 때
갓 삶은 뜨끈한 달이 서서히 식어
하늘에서 하현으로 걸렸을 때
거기 누가 들어가 부지런한 손이
캄캄한 바람을 캄캄한 구름을 숨죽을 만큼 주물럭거리고
별똥별까지 섞어 밤과 밤사이 여백을 하얀 팝콘으로 튀겼나
톡 톡 톡 소리 없이 온 세상이 뜨거워진다
온 집을 두드려도 집 밖으로 나갈 출구가 없다
달콤한 흰 밥알이 차오른 세상에
혹은 몽실몽실 혹은 뽀송뽀송 채워질 때
눈이 눈 속에 집어넣을 때
이 구간에서 저 구간으로 가는 도보로 걷는 방식이 바뀌었을 때
몽실몽실 희미한 눈덩어리 부서지고
고양이 사뿐사뿐 지나고 먼 데서 개 짖는 소리 들린다

또한 이제 누가 건드리기만 해도 아무도 감당할 수없이

부드럽게 돋아난 아무도 밟지 않은 하얀 잿밥의 흔적이 세상을
뒤덮는다

꼭 포옹하고 싶은 이런 모습은 옛날에 많이 본 것 같다

만들다 만들다 못다 만든 한쪽 어깨와 한쪽 다리가 찌그러진

눈사람을 어루만졌던 일이 그러니까 아버지가 되어 땅 속에서 벌
떡 일어나신다

어머니는 밤나무 산이 되어 바짝 다가오신다

내 눈앞에 내 몸 앞에 혼백으로 내려온 눈꽃이 바짝 다가선다

허공과 허공 사이 무수한 추락 끝에 뛰어온 통통한 손발이 숨죽
이고 소리 없이 웃는다 그 파다한 웃음소리에 세상이 뜨거워진다

둥글고 네모진 아이들이 꿈을 꾸는지 하얀 치아를 드러낸다

하얗게 얼어붙은 새벽눈이 눈으로 이글이글 타오른다

그 눈이 이끄는 대로 사잣밥을 내면

내려야 할 정거장을 자주 까먹는다

무수한 눈이 나를 부축한다

　―눈의 시간

개인사적 알레고리가 깔린 시다. 어렵지만 쉬운 시다. 제삿날 먼
데 동생은 오지 못한다는 문자를 날린다. 이것을 보자, 본 사람은 꽁
꽁 얼어붙는다. 문자를 본 그 다음 상태를 보자. 이 첫 연을 느낄 수
있다면 다음 구절들은 쉽게 풀릴 것이기 때문이다.

'갓 삶은 뜨끈한 달이 서서히 식어/ 하늘에 하현으로 걸렸을 때'라
고 표현된 이 부분이다. 동생이 지금 오고 있다는 문자를 날렸더라
면 어떠했을까? 갓 삶은 달걀처럼 따끈따끈한 달이 되었을 테고 하
늘의 달은 만월로 차오를 것이다. 그렇게 되었다면 '온 집을 두드려
도 집 밖으로 나갈 출구가 없'는 것이 아니라 사방팔방으로 열려 있

는 자유를 만끽할 것이다. 그랬더라면 '땅 속에서 벌떡 일어나는 아버지'도 '밤나무 산이 되어 걸어 나오는 어머니'의 모습도 달라졌을 것이다.

이 시를 통해서 무엇을 느낄 수 있을까? 물질문명에 사로잡혀 찢어진 가족사 정도라도 느꼈다면 시적 이해도가 높은 편일 것이다. 혼자 제를 지내느라 다음날 출근길에 내려야 할 정거장을 까먹고 '무수한 눈의 부축'을 받을 정도로 심신이 곤고해졌다면 잘 살려 드리는 제사가 오히려 민폐라는 문제의식 정도를 느꼈다면 보다 더 높은 이해도를 지녔다고 할 수 있겠고, 여기서 시적 재미를 느꼈다면 상당한 독자일 것이다.

뭐가 시적 재미일까? 이 시의 제목이 '눈의 시간'이다. 눈은 하늘에서 떨어지는 눈일 수도 있겠고 사람의 눈일 수도 있겠다. 어느 눈을 통해서 보든 이 시 속의 스토리는 비극이다. 찢어져가는 현대인의 가족사도 문제이지만 놓을 수도 쥘 수도 없는 이 전통에 대한 변화의 물결도 문제라는 이야기다. 제사의 문제는 순교자를 낳았을 만큼 심각한 사회문제였던 때가 있었다. 지금은 이 문제로 형제간의 갈등을 겪고 있다. 현실적인 문제다. 이 문제를 또 다른 시각에서 본 시 한 편이 있다. 보자.

바다를 걸어 나온 포구
푸른 해송 속으로 거친 숨 몰아쉬며 들락거리고

외계에 낯선 바람
내 얼굴 매만질 때
낙타 등을 타고 오는 붉은 아침이
쓱쓱 시퍼런 날 세운다

솔밭 길 하얗게 돌고 돌아가면
지저귀는 새들 노래하는 저 너머
작은 돌계단 위에 침묵한 흙집 하나

그 많은 기억
그 많은 추억
초야에 잡초되어 무성하게 지저귀고
먼 교회당 종소리 한참동안 머뭇댄다

흙에 노예된 어머니 아버지
죽어서도 흙에 누워
손발 없이 흙만 매만진다

불러도 불러도 배고픈 어머니 아버지 이름 부르며
낫으로 씻은 어머니 아버지 바라보며
미주 한 잔 올린다
　　－그곳에 가면

　　이 시 역시 앞서 살펴본 시와 같은 개인사적 이야기다. 앞서 언급
한 시가 제삿날 이야기라면 이 시는 벌초하는 날 이야기다. 그런데
'흙집을 찾아'가 '불러도 불러도 배고픈 그 이름들을 부르며' 쓱쓱 간
낫으로 얼굴 면도를 하고 세수를 시켜드리고 술잔까지 따르고 돌아
오는 길에 웬 뜬금 없는 교회당 종소리를 듣는가? 전혀 이질적 이미
지 아닌가. 전통적 벌초행사에 교회당 종소리를 끌어들이는 이 낯설
게 하기는 무언가. 이게 엄환섭 시의 생뚱맞음이다. 이 전혀 어울리
지 않는 어울림을 찾아 읽는 시 읽기의 재미를 위하여 몇 편의 시를
예시한 것이다.

4

    엄환섭의 시 읽기의 초점은 이 생뚱맞음을 찾아 즐기는 일이다. 참으로 다양한 사물과 사물의 만남이 직조돼 있다. 거미줄같이 얽혀 있는 이 거물코를 잘만 잡아당기면 재미가 솔솔 한데 그 가닥을 찾기가 쉽지 않다. 그가 생각하고 있는 개별적 관념의 세계가 너무 일반적 상식에 동떨어진 곳에 있기 때문이다. 아무튼 1 : 다라는 상징성의 방정식을 먼저 염두에 두고 엄환섭 시를 대한다면 그를 따라 동행 할 수도 있을 것이다. 그가 가는 길은 너무나 새롭고 안 가본 길로, 재미있는 모험의 길이기 때문에 그의 독자가 되는 즐거움을 포기해서는 안 될 것이다. ●